文
景

Horizon

张北海

早上四，晚上三

上海人民出版社

目 录

附　录

作者第一张照片，北平家中，1936/1937（作者提供）

北京美国学校，1947，作者为前排右三（作者提供）

台北美国学校，1951，作者为前排右一坐于草坪者（作者提供）

强恕中学高三学生证，台北，1954（作者提供）

台湾师范大学三年级，台北，1958（作者提供）

工读洛杉矶，1963（作者提供）

东非肯尼亚，1975（作者提供）

在联合国办公室，纽约，1990（傅运筹摄）

夏阳（左），作者（右），北投工作室，台北，1994（作者提供）

与众友人，纽约，约 1996（作者提供）

作者邮寄赠予编辑小美的一张照片，纽约，1996（作者提供）

在中央公园船坞，纽约，2006（谭爱梅摄）

作者在路上，曼哈顿，2013（韩湘宁摄）

作者最后一次回国，上海，2018（张艾嘉摄）

金岗库村外景，1986

五台山下金岗库祖宅，1986

自序：我的故事

关于埃及狮身人面像的古代神话，就我所知，有两个。一个来自古代希腊，一个来自古代埃及。两个神话都是在讲狮身人面像原来不是一座石像，而是一头凶狠残暴的野兽。

它守在尼罗河和三座金字塔中间那个南北通道上，凡是有人经过，它就提一个问题，一个谜语。

是什么早上四，中午二，晚上三？回答不出，它就把那个人吃掉，最后，有人答出了，说是人的成长。早上四是指婴儿手脚并用，中午二是人可以直立走路，晚上三是指年纪大了，需要手杖帮助。那个人刚说完，这头野兽就立刻变成一尊石像，直到今天。

这本书的封面照是我的晚上三，封内那张是我的早上四，[1] 我还坐不稳，家人把我绑在椅背上拍的。这里讲的我的故事就是一些早上四和晚上三的往事。

其中一部分应编辑叶三之约已在电子杂志"正午"上发表，在此感谢，余下的以前也曾在不同作品上刊登过。感谢世纪文景及其编辑王玲。

并感谢读者多年来的支持。

张北海

纽约

---

[1] 见本书内封封底及封面，作者原拟将这两张照片分别放在封面和封内，由于技术性原因，经著作权人同意，本书采用了目前的装帧方案。——编者注，下同

去后方

日本人和烧鸡

1942 年夏，我母亲（杨慧卿）正在天津家中收拾行李，准备上路。我（文艺）当时五岁半，帮不上什么忙，最多也只是我妈叫我取这个那个小东西带走。

我二姐（文芳）和三姐（文芝），一个十四岁，一个十岁，也在准备自己的小箱子。在这之前，一个家中好友还托我妈同时带上他们的小女儿，好像姓路，和我二姐同学，她过来的时候也带了行李。只有我没自己的箱子，几件衣服全塞进了我妈的皮箱。

我们不是最早那批从沦陷区逃往重庆的，他们主要是军公教人员和家属，早已随着各个机关去了后方"陪都"。我父亲（张子奇）虽然也在政府工作，任职交通部天津电话局局长，但是在平津沦陷之后，并没有立刻离开，这是因为电话局在英租界，日本偷袭珍珠港之前，日本势力无法进入天津英法俄等国的租界。还有另一个原因，就是电话局下室一间小屋，有一座与重庆联络的秘密电报台，只有我父亲和那位不定期前来收发密电的情报人员知道。我后来在想，大概他们仍在等候指示。

可是日本人知道，英国人也知道，只是在珍珠港事件之前，日本宪兵无法去英租界查封电报台，逮捕那位收发密电的情报人员，而且英国人还意识到他们没有权力逼我父亲。这片土地虽然是他们的租界，也不过是"租"的一块地。领土主权还属于中国。

后来在台北，我母亲才对我们说，一位英国领事找过我父亲，但也只是转达了日本人的要求，即关闭电报台，交出情报人员，我父亲的答复也很简单，只要英国放弃租界，还给中国，那租界也就自然成为日本占领区了。

日本这时还没有以行动逼我父亲，只是暗示，后来改为利诱，他们请了一位已经投靠日本的前国民政府官员，来劝说我爸出任天津伪政权市长，听我妈说，你爸把他骂了回去。

日本人相当清楚我父亲的背景，他们知道我爸当年参与了响应辛亥革命的山西起义。后来又因为阎锡山在民国初年变成了一个军阀，又开始反阎，当时我父亲才十八岁，头上已经有了不知几百大洋的悬赏。这时，我祖父才筹了一笔钱，送我爸逃亡日本，我父亲一直无法回国，直到在早稻田大学毕业。

只有一次，他偷渡回到山西，娶了我妈，带回日本，一住十年，我大姐（文英）即生在东京。

我不记得父亲哪一年逃去了重庆，但应该是日本偷袭珍珠港之前，我在天津法国学校上幼儿园，日本人发现我父亲跑了，就曾试图通过威胁我来逼我父亲。

这一场有惊无险的过程，我的印象比较深刻，但所谓"惊"，也不是我在"惊"（懵懂无知真是福），而是父母在"惊"。

我在课室看到校长陪着我父亲一个属下在门口向老师招手。他们三人在外面谈了几句话，老师来到我身边轻声说："Paul，你需要现在就回家。"Paul是这家天主教小学一位修女给我取的名字，为的是她好念。

我就这样跟着我父亲的同事出校上车，离开法租界，进入了当时天津人所谓的"中国地"，这可是具有相当讽刺性的称呼。"中国地"只是在日本占领下的几片天津市区，不属于任何一国租界，从来就是中国土地，只不过当时被日本占领。

在"中国地"，他叫我向后看，说紧跟我们那辆车是日本宪兵，他们打算绑架你，可是日本宪兵并没有上来拦住我们，把我带走，而只是开到我们车旁，盯了我们几眼，等我们开进英租界，他们也就掉头开走了，威胁绑架也只是发生过这么一次。

这是个明显的暗示，促使我父亲传话，要我妈带我们尽快离开。

可是为什么我这一代六个子女——我两个哥哥三个姐姐——最后沦陷区只剩下了四十一岁的母亲和三个未成年孩子？

我大姐和姐夫张桐已经随他的单位去了重庆。我大哥（文华）也去了昆明上西南联大。我二哥（文庄）也在不久之前逃离了家庭，去了后方。

我不记得其他兄姐是什么时候去的后方，但是二哥出走之前，我倒是有一个很深刻的印象。

好像是他出走之前两天，他带我和奶妈去天津"一品香"（"四品香"？）吃冰激凌。他给杨妈和自己买了两个蛋卷草莓，给我买了巧克力。

快吃完的时候，他取出一块大洋给了杨妈，说文艺喜欢吃巧克力和草莓冰激凌，有空买给他吃，然后补上一句："你们吃，我先走了。"

二哥就真的跑掉了，没有告诉任何家人。只是在他逃走之后我们才发现，他还偷了我叔叔两百块大洋。

我后来回想这段往事，才意识到二哥最后那句"我先走了"的双重含义，他像是在和我及杨妈告别。但是他又不止是从天津出走，我们是逃难，他是逃家。等我们到了重庆，才知道他已经考取了中国空军官校，也从政大退学。可是位于杭州笕桥的官校已被日军占领。我这才听说他马上就要去美国。当时国家没有能力训练空军。他们这一期，是在美国西部科罗拉多州的美国空军官校毕业的。

珍珠港被偷袭之后，英美正式对日本宣战，抗战第五年，中国成为已在亚洲及太平洋战区展开的第二次世界大战的同盟国——当时号称"中美英苏"。之后半年，我们一行五人，去了后方。

可是我母亲也不是一无所知就带了四个小孩子上路。我们离开天津之前，不少先去了后方的亲朋好友，都有话传回来，不要带太多的法币（想来当时用的还是法币），只带了够路上吃喝住车费杂费的数额。带些银圆，尽量把其他的钱，包括金条，都换成美钞，而且缝在小孩子衣服里。我身上的衣裤就给缝了不知道多少美钞。

最重要的是，多带些布料，黑白色和藏青的阴丹士林，不同大小的针，轴线，剪刀，肥皂，等等。因为我们必定会走不少段前不着村，后不着店的乡野，到时候只能投靠有幸遇到的农家，求助吃住。给钱没有用，这些贫苦农村附近没有卖这些用品的店铺。

出门之前，我母亲又一再嘱咐，路上如果有日本宪兵问起，就说我们是回山西老家。

我一直后悔长大之后没想到问起我们走的路线，经过住宿了哪个城市村镇。可是记得头一段路是坐火车去北平。

三个女孩坐在我和母亲对面，但是走道斜对面卡位是两个日本军官。年纪大的像是将军，他对面是个年轻军官，正在削水果，我没有怎么注意他们二人，吸引我的是将军身边靠窗立着的那把武士刀。

那个将军注意到我一直在看他的刀，向我微笑招手，我起身走了过去，他示意坐在他身边，取刀给我看，我摸了下刀把和刀鞘，正要拔刀，他阻止了我，由他抽出一小截，我正要去摸，他又阻止了我，合上了刀，立在窗边。他说了一句日本话，年轻军官就削了一片水果给我，是片梨，我正在吃，看见我妈向我招手，我跟将军说我母亲要我回坐，老将军没听懂，对面坐的说了几句日语，老将军拍了下我的头，我起身回坐。

母亲一直没问我什么，只是用手绢擦了擦我的手，车过了一会儿停了，是个小站。两个军官起身下车，经过我们的时候，将军向我微笑，又向我母亲微微点头，我妈用日语回了他一句，将军有点意外，向我妈行了一个简单的军礼。他们，好像只有他们二人，下车之后，车就开了。这时我妈才问我说了什么，我说什么也没说。我问她用日本话在讲什么，母亲说谢谢他给你吃片水果。

我们五人在北平车站换了一个月台，上了一列不知道去哪里的火车，反正很挤，好在是起站，我母亲和姐姐先上去占了面对面两排座位。

去哪里我也不知道，问我妈，她说，跟你讲了也白费。就这样，走走停停了好几个钟头，才在一个车站停住，像是一个不小的城市，上下的人很多。这时，月台上一些人在叫卖"德州烧鸡"，我妈说"有好吃的了"。她买了两只，说一只车开就吃，一只晚上旅馆吃。

我从来没有吃过这么好吃的鸡，我们五人一下子就全吃光了，刚写完上面两句，我开始觉得可笑。"从来"？一个五岁十岁小孩会有什么"从来"？我打算重写。可是又想，人生一世，任何一个年纪，从五岁到八十，都会有数不清的"初次"经验，从初尝德州烧鸡到初恋到初抱子孙，也就是说，每次"初次"都是你"从来"没有过的经验。换句话说，我们都是，也正是靠这些一个又一个"初次"的累积，长大成人。

我一直怀念德州烧鸡，曾经问起几个北京上海的朋友，他们竟然没听说过，直到七十多岁之后，我在北京南下的高速列车上，在济南稍停的时刻，才意外地买到一只。

那是 2015 年，我乘高速列车从北京去上海，想经历一下华北到江南的景观变化。结果，沿路是一个不起眼的城镇接另一个不起眼的城镇。偶尔会出现一片莫名其妙的空地。就景观来说，几乎没有一处会让人感到中国大地江山之美。只有在济南，有人上车售卖德州烧鸡，我感到惊讶，立刻买了一只，不过我没在火车上吃。

我去上海时探望以前在曼哈顿苏荷区的两位老友，艺术家夏阳和搞电子平面设计的沈明琨。当天晚上，在沈家客厅，桌上有威士忌和冰块，我们撕着烧鸡，喝着威士忌。他们二人都是头一次吃，也都是第一次听说这是德州烧鸡，可是吃得过瘾，就烧鸡来说，这是他们的初次经验，且有威士忌相陪。他们二人也都七老八十了，倒是真的可以说"从来"没吃过这么好吃的鸡。

天开始暗了，火车又走了好几个钟头，停了几个站。最后在一个不是很大的车站停了，我母亲说这里下。我们五人出了站，上了三辆洋车（大概是洋车）。

我也不知道这是哪个城镇，只是感到什么都新奇。三辆车最后在条街上停住，我们下车走进一家旅馆，这是我第一次（又是"从来"）没有在北平天津家里过夜，也是第一次在一个陌生城市住进一个陌生旅店。我觉得新鲜极了。

后来迷上了武侠小说，每次读到任何侠客绿林，或任何走镖的，住进任何一个客栈，都会让我想起小时候第一次住进的那个陌生旅店。客栈不同，但是感觉和味道一样。

这家旅店好像没有自己的食堂，可是它旁边和对街开着两家饭庄。我妈就请茶房买了些馒头烙饼之类的擀面食，又给我们说，吃完早点上床，我们又开始吃烧鸡。

第二天一早，我妈交代我们，她要出去办事，叫我们不要出旅店，尤其关照我姐姐好好看住我，不要上街，又说她会再让茶房给我们买点吃的。

她下午很晚才回来，说明天一早上路。当天晚上，我们去对街饭庄好好吃了一顿。

我是在写这篇东西的时候，才开始回想一些当年的往事。可是我发现不是你想回忆过去任何一段往事，这个往事就会从过去呈现在你的脑中。我又发现，如果我连昨晚做的梦，醒来之后都难以捕捉，那七十多年后的今天，让我去追忆当年五岁时候在路上的一些印象，那与其说是追忆，不如说是在追寻。

不过，我还是有一些起码的索引作为起点，像我前面提到的后方传回来的话，其他也只能推测。我猜是我爸传话给我妈，安排好了路线，在哪里下车过夜，去找什么人安排下一程。

这是我长大之后才想到的，也许这就是我父亲逃走的路线，否则去西部后方不太会（至少我是这么想）先南下走山东，也许这么走的危险性较低，至少避开一些日军关卡，我这才想起，德州就在济南附近，当年头次吃德州烧鸡那一站，应该就是济南，是我2015年又买到烧鸡的同一站。

我还查了谷歌，从北平天津到重庆是一千八百公里，想来那个距离是直线里程，我们走的是旱路，一站一站迂回前进，我估计几个月之后终于抵达陪都的时候，就里程来说，可能走了两千五百多公里。

我同时又在想，最重要的还是我爸信任我妈，我父母当时已经结婚二十多年，生了三男三女六个小孩，二人相互了解极深，这应该是为什么，当我家其他兄姐都已先后去了后方，我爸还是很放心地让我妈，四十刚出头，就带着四个未成年小孩殿后。

在小旅店住了两夜，第三天一早，我们胡乱吃了点东西，就带上行李出了旅店，上了一辆已在门口等我们的骡车。

过黄河、躲土匪

骡车很大，有点像我在北平见过的骡子拖的大板车。骡夫在帮我母亲放行李。

我一直不明白，火车也只是一天路程，可是还记得那把武士刀和德州烧鸡。这次坐骡车，至少走了十几二十多天，在好几个村子和农家过夜，可是记忆反而似有似无。也许是五岁小孩儿对那些他觉得没什么意思的印象视而不见，记忆便早已烟消云散。

这或许是为什么坐了几天骡车之后，吸引我的倒是这匹骡子和它拖的大板车。听我妈说，当地人管它叫"排子车"。这是照我记得的发音写的"排"字。究竟是不是这个字，这么读法，我一直也没搞清楚。

骡子灰黑，又高又大，拖的那条平板也蛮长。人躺上去，脚也不会搭在板外。车上有支架，上头有个雨布棚。平常收卷在板车前端，下雨才拉开。平板左右两侧，各钉着一条两三尺高的隔板。平板的宽度直伸出隔板外一两尺。左右两边可以并排坐上好几个人。不知道是不是为了这个，当地人才叫它"排子车"。

平板下头，两个车轮之间，还有一层板，放的是一些工具、麻绳、铺盖、干粮和饲料。还有一桶水。

我们的行李不多。母亲两只皮箱给放在前端隔板内一左一右。姐姐们的小箱子夹在中间。板车还有空地方，我妈在上面铺了一层毯子，上面总有人躺着。三个女孩有时候在上面玩儿牌。

骡子走得不快，我有时候跟着车走，有时候跟着骡子走，说说话，有时候坐在骡子后面他赶车的地方。

我们出了那个小城已经很久了，早已进入乡野。土路正前方是前天就看见的那座蛮高的山，现在还在那儿。我问骡夫，怎么走了两三天，那座山还是那么远。他说，你没听过"望山跑死马"吗？我说没。他说那座山离我们总有一百多里路。别说骡车，你快马加鞭三天三夜，把马跑死，也到不了跟前。

我妈大概听到我一直叫他"骡夫"，就跟我说，别这么叫他，人家有名有姓，可是你得叫他一声"大叔"。

五岁小孩不太懂得这些规矩。这个年纪虽然也知道一早给父母请安，给师长行礼，可是对刚见面不久的外人，就多半不知道该怎么称呼才合适。我这一代还算是接触到一点点传统社会的家训。其他时候，多半是在称呼上出了差错，父母才让你知道一些规矩的界线在哪里。从叫"骡夫"到改称"大叔"，正是我妈教导我跨越了这个对人尊重的界线。

可是后来我在想这段往事。母亲的告诫实际上是传统家训。而这种家训的精神基本上是儒家思想。即使我父亲送我去外国学校开办的幼儿园，那也是生在晚清，又在日本上大学的他，认为英文会是以后的国际通用语言，觉得我还是应该早点接受一些西式教育。

可是我也因而受益。但与其说是我因此而对西方或美国有了多少认识，不如说是我因此而没有只知道遵守传统家训，而成为一个那种少年老成，年轻世故，也就是中学每班都会有那么一两个的"好"孩子。

沿路不时可以看到远近几片坟地，和路边一些残破土地庙。一开始我也没怎么留意。没多久，我发现不少石碑下面都有个王八，问大叔为什么。他说可别说王八，是龟在驮碑。龟命长，动不动就活上一百来岁。可是他也说不清是不是为了这个，只说大概是讨个吉利吧。

我没再问。可是后来在想，石碑下面埋的人早就死了。如果大叔的话有道理，那到底是谁在为谁讨个吉利？

可是这件龟驮碑的小插曲，后来在台北上高一的时候，可给我带来一个天大的麻烦。

我有时候在想，大叔走这条路多半不是头一次了。不知道我父亲走的时候会不会也是这个路线，会不会也是坐大叔的骡车。我妈应该知道，可是没跟我们提过。

沿路不少村子和农家好像都有人跟他打招呼。我想他这条路很熟，应该不是因为一些逃难的家庭雇了他。我觉得他平常做生意时就像是今天开长途的货车司机，把小村子和一些个别农家的作物，还有鸡鸭什么的，送到较大较远的城镇售卖，来赚点钱。只是过去几年，他才多了一个护送像我们一家五人逃出沦陷区的副业。

大叔多半是中午前后，在路边看到有一洼水，便在附近找棵树休息。他一般是先牵骡子去喝水，如果附近没什么草可吃，他才喂它饲料。我们也就乘这个时候吃点东西。

我妈准备了好几包干粮。锅盔、带壳花生、咸鸭蛋、萝卜干、黄瓜。头两天还有些水果和牛肉干，三天就全吃光了。几个女孩儿像是去远足那样，带了什么话梅、口香糖，各式各样的瓜子。

大叔的干粮是一堆硬馒头、好几把葱、黄酱和咸菜。有时我妈给他一个咸鸭蛋，一些花生。有时他也给我们一点咸菜。

母亲问他晚上会在哪里过夜。他说天黑前可以见到几处农家。他年初带过三口人在一家农户过夜。今晚还是可以去那里求助。

他们坐在树下说话。我没事干，也凑了过去。我妈问他多久才能出沦陷区。他说总要过了山西。那为什么一路走了这么多天，没看见一个日本兵。他也不太清楚，只说日本军队多半驻扎在县城一带。这里没什么，只有几户稀稀落落的农家。

太阳渐渐西下。我们也老远就看见那几家农户。大叔把车带到其中一家，叫我们在外边等，他进了农舍，我立刻闻到一股不知道在烤什么的香味。

大叔在门口招手叫母亲。他们进屋，过了一会儿，全出来了。农家夫妇二人之外，还有两个十几岁的儿子。他们帮我妈把行李搬进去。母亲介绍了我们四个，说两个儿子把房间让给我们，他们全挤在父母屋里。

我们和大叔就在他们灶旁开始吃饭。这时我才发现我闻到的烤香是——也说不上来是什么，反正比饼厚很多，壳很脆，就上他们给我们摊的蛋饼，我妈的带壳花生、咸鸭蛋，大叔的咸菜、大葱黄酱……吃得又香又饱。

大叔饭后把车赶到后面去喂骡子。这时我妈打开皮箱，给他们剪了好几码不同颜色的布料，几轴棉线，剪刀和几块肥皂。然后问有没有可以卖的鸡蛋。说有。母亲取出几枚银圆，看能买多少，给煮到老，说我们路上吃。

这是我第一次看到母亲分布料针线给我们求助过夜的农家，想来已经给过不少次了，皮箱空了不少。第二天一早上路之前，农夫给了我妈一个竹筐，里面是二十几个熟鸡蛋，一堆烤"饼"。我妈给了两个儿一人一个银圆。

我查了地图，看能不能帮我想想乘骡车去后方那几段路是怎么走法。这时我才发现母亲买德州烧鸡之前，我们的火车已经过了黄河。真不明白为什么我竟然一点印象也没有。2015年去上海，高速列车道应该不是七十多年前那条铁路线，可是黄河在济南之北，也得先过黄河，怎么也完全不记得在济南买到德州烧鸡之前，就已经过了黄河大桥。五岁时候的经历，现在想不起来，还说得过去，但七十多年后，又有一次同样的经历，也竟然一点印象都没有了，那就只能说是上了点年纪的人记忆力减退。

往事——尤其在七十多年之后回想五岁时候的往事，真如追寻梦幻。乘坐骡车走了那么多天，又曾在几处农家过夜，也只记得吃烤"饼"那天晚上一些印象。从德州烧鸡到烤"饼"，回忆童年往事，所记得的好像只是吃。

一天下午，大叔跟我妈说，天黑前可以到山西。

我又查地图，从山东的南边往西走是河南北边。如果我们是这么走，那河南北部也在黄河之北，难道我们在哪段路上又过了一次黄河？火车走的是铁路桥。那骡车要过黄河只能靠摆渡。大骡车乘渡船过黄河可是件大事，怎么就不记得了？

大叔还跟我妈说，这一带日军防守得比较紧，因为没多远就是陕北苏区。他们防的是八路军。

果然，天黑前到了山西那个村子。走了一个多月了，我们看到的第一部汽车，就是一辆架着机枪的日本军车。

那个村子还不小，有好几条街，穿插着几条小胡同。大叔把骡车带到一家客栈，说可以好好睡一个晚上了。母亲问要不要也给他弄个房间，也好好睡一晚。他说不了，要守着车和骡子。我妈请他先和我们一起吃顿山西面。

母亲也是五台人，几句山西话，就和客栈的人搞熟了。他们发现我们是天津来的老西儿，要去后方，这才特别让我们使用他们的洗澡房。这还是我们离开山东之后第一次真正洗个澡。那天晚上，饱饱地吃了顿山西面条，又干干净净，舒舒服服地睡了一晚好觉。

又上路之后，大叔跟我妈说，一两天就可以到陕西。可是他又说这段路可能会有点风险，这里没有日军，八路军在陕北，也管不到，国民政府的军队离得更远，这一带像是一个三不管地区。过去几年，不时有几股流匪骚扰这里一些村子和农户。

母亲问他这些土匪都是些什么人。他也只是听说，其中有些是走散落单的大兵，有些是城里的逃犯，还有些是这一带村镇的流氓恶棍。完全是乌合之众，连个山寨都没有。大多可能有几杆步枪，可是他们倒是很少伤人，只是抢劫。主要是吃的，有什么拿什么，另外是衣服什么的。

大叔又提醒我妈，像你们逃往后方的家庭，身上都有些钱财手饰，要格外提防。那怎么提防？他说只能躲开，不过陕南这一带村子虽然不是很多，沿路倒是都有几户好的农家，可去求助。

是在路边一家农户，才听说一帮土匪这两天下来已经抢了西边一个小村和十几家农户。这家农户只有一对上了点年纪的老夫妇。他们听说今晚会来抢这一带，不敢留我们过夜，叫我们躲在田里。

我们又都上了骡车。母亲问去哪里，他说找个地方躲。天已经暗下来了。大叔牵着骡子一步步迈。走了半天才找到田边一排村。他把车拉到树后面，说这里够远了，骡子叫也传不到前面去。他叫我们留在车上，他要走近点去看看动静。

我们五人全挤在骡车上。外面黑黑的，什么也看不见，连那家人的农舍也只是夜晚的另一片暗影。过了一阵，姐姐们好像都睡了。母亲一直非常注意地望着前面一片黑。

我听见有声音。我妈在和大叔说话。他叫我们就在车上休息，反正天快亮了。

上路之前，我妈还是剪了好几码布，一些针线和几块肥皂，给了那对老夫妇，谢谢他们让我们躲在他们田里。在路上，母亲才告诉我们土匪没来这里，去了北边村子。

我经常想这段往事，尽管如此模糊不清。自从大叔和老夫妇说晚上可能有土匪来抢，我们几个小孩儿也觉得害怕，可是无法想象当时母亲的担忧。现在回想，一个四十出头的中年女人和三个十几岁的女孩儿，做母亲的怎么能不紧张担忧。

　　可是大叔感觉到了。我记得他第二天在路上说过一句话。张太太，您可真够镇定的。

　　追忆四分之三世纪前的往事，不是你想知道哪年哪月哪日的某时某刻有过一些什么事，你就能忆及的。美国有句话，"要饭的不能挑"（Beggars can't be choosers）。能要到什么吃什么。我的往事追寻，真有点像是在要饭。只不过要的是记忆。而且要的和给的都是我。而就连我的记忆现在给我的这些剩菜剩饭，也多半还蒙老天的慈悲。

　　我们好像已经到了陕西一个村镇，正在吃母亲在条街上买的水果。大叔过来说，快了，后天可以到西安。我妈说很好，然后取出几张钞票说，刚才买水果，找回来的钱，怎么会是八路军票子？大叔说这儿有不少人都经常去陕北，总会有人带回来一些八路军钞票。

山西陕西的边界是黄河。怎么在陕西吃水果的时候，已经又过了一次黄河？真奇怪，黄河那么宽，又那么黄，不论水急不急，过个大黄河，尤其是骡车乘渡船过，应该会让五岁小孩感到又新鲜又刺激，怎么就完全不记得了？

不错，要饭的不能挑。既然记忆只给了我这些剩菜剩饭，我也只好认了。不过我仍在期待着慈悲的老天，施舍哪怕一次黄河的记忆。仍在期待"希望之泉永恒"（Hope springs eternal）。

进了城，我妈给了大叔一个地址。西安真是一个好地方，非常热闹。大街，胡同，都整整齐齐的。店铺一家接一家，都上了灯。很像北平。

大叔牵着骡子，没多久就找到那个地址。一个很漂亮的店面——山西票号。

煎柿饼、两江水色和母训

母亲没有立刻进门，骡车停在街边，她跟大叔招手，指着那只放布料的箱子，说还剩下好几码布，连同皮箱，全给了你吧。她另外又抱出不知多少银圆，也给了他，还叫我们几个谢谢他一路照顾。

我妈问他是不是就回山东，大叔说不，他不想空车回程。总得运点什么赚点钱。就这样，大叔牵着骡子走了。

每次看武侠小说，总会让我想到大叔，记得有一部是讲几个镖客护送三品京官一家告老还乡，真有点像大叔护送我们五人从山东到西安。尽管我们是逃难。

我还看过一篇文章，《最后的镖局》，是李尧臣先生回忆他在北京"会友"镖局的保镖生涯。他从光绪二十年（1894）十四岁，一直干到这个有三百多年历史的"会友"于民国十年（1921）关门。

我经常胡思乱想。是在这样一次做白日梦的时候，我为大叔编了一个故事。他曾经是"会友"一名小镖头，镖局关门之后，他既不想去干警察，也不愿在庙会"以武会友"下场子卖艺，也没兴趣去开饭庄酒馆，更不肯去给遗老护院，给新贵做打手，就这样去做了这个和他当年走镖有类似的行业，用骡车护送家人货物远行。

1942 年，他护送我们五人，我觉得他有五十多岁了，个子身体都很好，年纪也大致符合我为他编的故事，一路上，虽然没见过他施展什么功夫，也没见他身上有什么家伙，可是大叔还是像镖头似的把我们五人平安无事地从山东护送到西安。

白日梦醒，想起了我那本关于末代侠客的小说在台湾出版之后，和一个台北老朋友会面，他第一句就问我，"你怎么写了这样一个小说？"

我倒是没怎么在意，只是如此问作者，认真回答要花点时间，也就没多加考虑就说，我写之前花了两年时间准备，同时胡思乱想故事。最后，去掉十个月的胡思，再去掉十个月的乱想，结果就是这本小说。

大叔牵着骡子走了之后，母亲叫我们几个在票号大门口等。过了好一阵子，他们出来了，我妈和一个有点年纪的长者，还有两个小伙计，母亲给我们介绍，我那个时候还不明白票号是怎么回事，只觉得它不像个商店。人倒是不少，可是没在卖什么。四合院很宽敞，东西北房有二楼。东西房楼下像是办事的，我们去了北房楼上一间大屋子。

我们在西安住了好几天，母亲说票号正在给我们接洽一个去成都重庆的车队。不记得这几天是怎么过的，好像有个掌柜的带我们出去逛了一下。但记得他有天中午带我们去吃饭，说来西安不去吃顿羊肉泡馍，就算没来过西安。

我们五人只有母亲吃过。问她那是什么，她说到时候你就知道。

是家小馆子，小掌柜和母亲取了几个大碗，里面都有个大馍，坐下之后，我妈说，掰吧。我就学着他们一块一块地掰。我妈又对我说，掰得再小一点。

馍的外壳蛮硬的。等大伙儿都掰完了，一个小伙计提着一个大锅，用个大铁勺，一勺刚好满满一碗。我正要吃，小掌柜叫我等等，说泡泡馍。等他们都开始吃了，我才吃。

现在回想都还记得第一口入嘴下肚的美味，比得上第一次吃涮羊肉和蒙古烤肉。不同的美味，但都极美。

之后我一直没机会再吃到了。七十年代末，我又去了次西安，请接待带我去吃羊肉泡馍。他苦笑说，好久没见到有卖的了。

直到八十年代，而且竟然是在台北，我发现了有一家在卖，就在仁爱路圆环一条巷子里。记得那年阿城刚好也在台北，就约他去吃，除了馍是软的，羊肉羊汤还是很美。

我们在西安还上了几个馆子，可是店多，吃了什么陕西菜，我都没什么记忆了，只是对一道甜点印象深刻——煎柿子饼。

我只能猜它是怎么回事。大概是把一个熟透了的软柿子压平压高，再干透，然后外面好像也没裹什么，就用猪油煎。上桌之后，又油又甜又美又香。可是我妈只让我吃半个，说太腻了。你看，只吃了半个煎柿饼，就让四分之三世纪后的我，还念念不忘。

父亲1976年去世之后，母亲把当局发的一笔钱，捐给了山西同乡会，请他们帮助在台的山西籍贫苦儿童就学。同乡会赠阅他们的月刊《山西文献》，我妈看完，就寄给加州的二姐。她看完又寄给纽约的我。

这是三十多年前的事了。总之，我在这份文献看过几篇有关山西票号的文章，我这才想到为什么可能会在前文里提到第一次住进一家客栈的感觉，有点像小说里走镖的沿途投宿所在。前面竟然还为大叔糊捣乱编了个故事。

山西票号最早出现在明朝中叶山西平遥，最初还没有在其他城镇设立分号。钱银来往主要是靠镖局护送。好像直到明末，才在南北各城镇有了分号，从此无需镖局。

到了乾隆年代，山西票号已经遍布黄河南北，及至大西北，华南，东南亚。更不可思议的是，竟然还负责往各地汇总朝廷的京饷和军饷。在现代银行制度尚未出现在中国时，山西票号俨然成为大清王朝的"中央银行"。

山西票号到民国初年开始式微，但是抗战胜利之后，平津各地仍有不少家，甚至于撤退到了台湾，仍有一家是山西的票号，这家票号在中山北路和当年的中正东路东北角，一栋两层小楼，朝鲜战争前后，我正在中山北路台北美国学校上七年级。每个星期一，我骑车上学途中，必在票号小停，取我那个星期的零用钱。

我记得相当清楚，那天去取钱，看见票号门口有一大堆便衣和督总，一个掌柜的在门口示意我不要过去。直到放学回家才听说，当局一个情报机构指控这家票号与大陆的票号有金钱来往，就以"通共"的罪名，没收了票号全部财产，还把大掌柜的关了一年多。这就是有三百多年历史的山西票号在台湾的下场。

是写这几篇文章，才把沉埋脑海深处的一个个点状的印象联结起来。但还不足以构成一个平面，就像一沓老黑白照片，个别影像会有点记忆，可是很难联结它们之间的关系——武士刀、德州烧鸡、骡车、大叔、农户、布料、流匪、龟驮碑、羊肉泡馍、煎柿饼、镖局、票号……这些个别的点，既不会轻易就呈现在脑中，它们之间也不具有什么关联，但童年往事的那一个个点的黑白印象，却因写这几篇文章的催化，而不再孤立存在，不再黑白，而淡淡染出了之间相关的叙述。

西安的票号给我们安排的车队，一共不到十辆卡货车，都挤满了来自各地逃难的家庭，可是最让我觉得奇怪的是，竟然有两部卡车上各有一个大烟筒，还冒着烟，后来才听说它们是烧炭的。

我一直不懂烧炭的车是怎么回事，查谷歌，才得知，使用木材、烧炭能源的汽车，远在 1905 年就在英国出现了。我无法了解这类车的技术，只是发现甚至于今天，至少芬兰和瑞典都在提倡以木料为能源的汽车。

我问母亲多久可以到重庆，她说车队要先去成都，有人上下，再去重庆。这一段路我最模糊，也许是颠颠的卡车，让我不时就打瞌睡。

车队真有点像电影中美国开拓西部那种大篷马车队，我不记得坐在哪一辆，反正前后都有车，离开西安有好一阵了，开始进入山区。

上中学地理课，知道了西安的西南边有个秦岭。另外还看过巴金一篇文章，好像就叫作《过秦岭》。里面提到一件事，很像我经历过的。那就是，上一个比较陡的山坡，车上每个人都下来走，同时还有人，手中提着小半截枕木，车子一旦上坡开始吃力，他们就急忙把枕木塞在后边两个车轮下面。车队上这种较陡的山坡，停了不知道多少次。

西安到成都有条公路，除了上山之外，还蛮好走的，可是有几百多公里，我也不记得走了几天，中途有没有在哪里过夜，而且，到了成都，对那个城也没有什么记忆，好像吃了个馆子，名字还有点印象，叫"姑姑宴"。吃了什么，也不记得了，不过从成都到重庆，路不是很远，我倒是有一个非常深刻的记忆。

因为我年纪小，我们那部卡车驾驶就叫我坐在他旁边，舒服多了，不必挤在后面一堆堆行李上。开车很闷，驾驶就问我会唱什么歌，我说只会几首外国歌，他说，唱一首听听。我就唱了一首刚学会不久的法国歌，*Frère Jacques*（《雅克兄弟》，即法语版的《两只老虎》）。他很高兴地说，再唱一首，我唱了一首英文歌 *Row*

Row Row Your Boat（《划船歌》）。之后又唱了几首，*Mary Had A Little Lamb*（《玛丽有一只小羊》），*Happy Birthday*（《生日快乐》），*London Bridge Is Falling Down*（《伦敦大桥垮下来》）……

我唱歌的消息一下子传遍了车队，一个个驾驶都来找我去坐他们的车，给他们唱歌。我不记得上了几部车，反正回到我的卡车，母亲发现我的嗓子哑了，问了我之后，她气坏了，把车队长找来，叫他听听我的嗓子，好好地训了他一顿，都是你们这些不管我儿子死活的驾驶搞出来的，把我儿子当收音机，队长急忙一再道歉。之后，我只能乖乖地坐在我妈身边行李上，直到重庆。

成都到重庆有三百多公里，不记得当年车队走了多久，最多一天半两天吧。反正，正在车上呆呆坐在母亲身边的我，突然听到一阵阵欢叫，"到了！"

我们全都下了车，一排车队停在一个小坡上，大家都在看前面那两条江和之间一片陆地。有人在说那是朝天门。可是吸引我的是那两条江水的颜色。

真是奇怪。我问母亲怎么一条河的水是清的，另一条是黄的，合在一起流，可是又没有混在一起。我妈说清的那条河是嘉陵江，黄的是长江。它们就在重庆这里汇合。现在没有混在一起是因为它们刚刚合流，再下去十几里，清水也给染成了黄水（后来在台北，不知道为什么又提到了这段往事，记得母亲对我说，你交朋友要小心，"近墨者黑"）。

车队只送我们到江边。我又不记得怎么过的嘉陵江——真奇怪，一路上从天津经北平到山东，再经河南到西安，再又经成都到重庆，又过江又过河，不知道多少次，竟然就全没记忆了——也不记得谁在朝天门来接我们。不过记得我们五人给带到一个非常热闹的所在。后来才知道是上清寺。就这样，我们一家人在陪都重逢，一住三年。

2017 年

重庆三年：飞虎队、原子弹和风雪夜归人

我们一家四口到了重庆对岸。我还在奇怪一条水是清的，另一条黄黄灰灰，母亲就叫我们上渡船。

不记得谁来朝天门接我们，有没有过长江，反正，山城重庆好像没有洋车，只有一些代步的滑竿。

总之，我们给带到一个非常热闹的所在，后来才知道是上清寺。

我们上了一条人很多的大街，到了一幢四层楼房，叫国际大厦。有意思的是，上面两层由大街进门，我们去的是旁边一个要走台阶才能下去的弄堂，原来下面两层要从台阶下面弄堂进门。

1995 年，我离开重庆五十年，我正在北京，乘便重访当年逃难去的成都和重庆。在上清寺，还是很眼熟，可是又不一样了。当年住的国际大厦，还是四层，像是后来照着原来旧楼重建的。

我下车走了一趟，还下台阶去看看我们住了三年的那个家，好像都没怎么变。

这条弄堂当年住的人，一半以上都是父亲早先到达的同事。我家住在底层，我大姐姐夫住的楼上，他们隔壁是厨师夫妇。

因为只有我家有位大师傅，同事们的午饭就全到我家包伙。

我记得我们国际大厦旁边有个警察局拘留所，经常可以听到犯人受拷打时的号叫。再旁边有个地下防空洞。1942 到 1943 年，经常有日机来重庆疲劳轰炸，我们和附近邻居躲了不知多少次空袭警报。

在我们到重庆之前就听说有个大隧道惨案，死了好几百人，一个看守见到人们都躲进去了，就反手锁上了大门。他人不知道去了哪里，反正空袭之后，里面的人挤着要出来，打不开大门，全都闷死在防空洞内。

我进的小学叫德精，中学叫求精，是后来担任了教育部长的夫妇二人办的。当时美国已对日本宣战。我的小学被美军征用,操场变成他们汽车部队的停车场,全操场都是他们的军用车。我们小学几班合并,挤在求精中学上课。

班上一位同学发现,这些军车后面的红色信号灯有点微凸的表面。一个信号灯有点损伤,微裂。他敲开看,里面是一粒粒红色弹珠。他挖出来向同学炫耀,他又找我去挖。我们正在挖的时候,一个美国大兵抓住我们两个,提到校长室,交给了她。他走了,校长没收了珠子,说美军不追究,叫我们别再去偷了。

我们四年级班有个淘气的同学,叫刘恕。他后来在台湾五十年代中出了大风头,以"亚瑟"(Arthur)的艺名,首先在中广、正声、警察等电台,介绍美国刚出现的摇滚乐。刘恕是我最老的同班同学,后来在台北街头撞见他,说了些话,再后来又在曼哈顿,竟然也在街头见到了他。

他小学那个时候,喜欢捣乱。有次,上课铃响了,我们一个个进教室。他走在我前面,那时,女生坐头两排。校服是刚过膝的黑裙,上身白衬衫。刘恕边走边顺手去摸几个女孩的腿,她们惊叫,抬头看到的是我。

老师罚我站在教室前面的墙角，面对全班学生。我没有去告诉老师是刘恕摸的。朋友做了件错事，我也就替他背了。他很高兴，我们从此变成不错的朋友。

重庆三年，国共合作抗日期间，郭沫若负责后方文化活动，把一些中部地区未曾演出的话剧、歌曲在重庆等地上演，其中之一是吴祖光的《风雪夜归人》，我姐姐们带我去看过。

想是演出的时候，外面下了一场雨，散场回家，来的时候不觉得怎样的一个斜土坡全是稀泥，下坡的一个个滑倒。我们姐弟也左滑右滑，满身是泥地回家。

八十年代初，大陆改革开放之后，最早一批来访美国的是当年"文革"期间吃过苦头的文人，如吴祖光等。我请过他们来我家吃饭。那天晚餐之后喝酒闲聊，我告诉吴祖光在抗战期间我就看过《风雪夜归人》，他有点惊讶，说我大概是他最早的一位观众。

吴祖光送了我一幅他夫人新凤霞画的花卉，有他的题字。次年，我们全家三口去拜访吴祖光夫妇。刚开门，吴就说，真太巧了。他编的一本关于古今饮酒的书，收集了我那篇文章《酒戒》，刚刚收到。这时他儿子背着母亲下楼。吴祖光说他应邀去美，正在办理儿子的护照和签证，没有儿子去背母亲，他们就无法去，我感谢新凤霞送我的画，我们两家还合拍了一张照。

到重庆之前，我们都听说有个"飞虎队"来华协助国民政府残老的空军抗日。日军偷袭珍珠港之前，美日尚未宣战。美国经罗斯福总统批准，由陈纳德将军（General Claire Lee Chennault）召集组成"飞虎队"（歼击机头画有一个"虎鲨"大口），一个个飞行官身穿便装，驾着一百架 P-40，飞往昆明基地。

他们的战绩可观，重庆不但没有了日机的疲劳轰炸，竟然在短短几个月内，击落三百多架日机。

我一直不明白，为什么父亲在我们到了重庆不久，就不见了，母亲说去出差，我也没再问，可是从 1943 年底到胜利，他一直没回来。这件事直到去到台湾，她才透露一下，说你爸代表委员长前往沦陷区办件事，没说什么事，只叫我不必再问了。

到了 1945 年初，我们在电影院新闻纪录片中看到，"飞虎队"已经获得了一定的制空权，日机虽然偶尔还在沦陷区附近丢几个炸弹，也没有什么伤害。又看到太平洋各个小岛的日军基地驻军与反攻美军死战，日兵甚至于宁愿从高崖跳下自杀也不投降。观众在震惊的同时，也不得不感慨日军的顽抗。

此外，作为反对法西斯同盟"中美英苏"的组成，国民政府还成立远征军前往缅甸，解救了被日军包围的上万英军。

人们都有点感觉，日军快完了。上清寺那个国际电台，播放着日军在太平洋的各个岛屿被美军一个个夺回。重庆遭受的疲劳轰炸也好久没有了，我们也很少躲进防空洞。突然，二哥在美国空军官校毕业回国。

他没有回家，住在宿舍。偶尔在家门口同我们说几句话，但从不进家门。我后来的猜想是，他年轻的时候逃走离家，父母不原谅他，不正式表示接受了他，他不愿回家。他最多是在家门口跟我谈谈。我告诉他父亲去敌后一年多了。他也没问下去，只是偶尔给我一些零钱，让我去买点花生吃。

这天，家里一下子跑来好几个朋友，叫我们赶快上去听国际电台正在报道的一个天大新闻。什么美机丢了两个新炸弹，叫什么"原子弹"，日本天皇投降了。

我至今也难忘，全重庆都疯了。一大堆人挤在国际电台前面听广播，一播再播，人们就是不散，一听再听。

当晚，弄堂里父亲的同事们，全去了一位现已搬出的好友家，此人姓孙，是联勤的一个高级主管，为美军造了大批营房，美军感谢他，也为他盖了一幢营房，有暖气、冷气。这是我第一次走进一个有冷气的家，我们几家人都没有上街。外面鞭炮歌声不断，就这样，我们庆祝了抗战胜利。

第二天，二哥回来，也进了家门，叫我们尽快整理行李，空军眷属优先搭乘便机回家。两天之后，我们和行李全上了二哥开的中型吉普，他开，母亲坐在前面，我们姐弟挤在后面的行李堆。

这是我第一次坐飞机。二哥说这是架 C-46。就这样，我们回到了北平。

二哥也和家里和好了。回到北平当晚，母亲赶出来一大锅炸酱。我们常吃，不以为意，二哥可是好久没吃母亲的炸酱面了。他有说有笑，好像根本没有逃离过家庭。

我们直到在北平才见到父亲，好像是 1945 年底。有天在家中听到他跟当年重庆弄堂几个好友说话，说你们心理上要有个准备，他觉得三年左右，又有变故。

我事后问母亲是怎么回事，她说你别答了，跟着我们走就是了。父亲次年就和一位好友去台湾视察了三个月，我后来在想，大概那次他去，已经做了安排。否则，全家到了台北之后，何以住进一幢两层日式木楼，在台北市新泉街九十二巷底。

就这样，重庆三年之后三年，我们又离开北平，这次是跑去了台湾。

2018 年

从北京到台北美国学校

就我所知（而我确知），海峡两岸，还有香港澳门，有史以来，除了我自己之外，只有一个半人有过这个共同经验。是好是坏暂且不谈，总而言之，只有我们这两个半人是北京美国学校小学部最后一届毕业生，而其中两个同时又是台北美国学校初中部第一届毕业生。

也许应该先澄清什么算是半个人。这个人是个白俄，名字是乔治·卡诺夫，但称他为半个人并不是因为他是白俄。我们是北京美国学校的小学同班。他父亲官拜将军，是帝俄时代的贵族，因十月革命而流亡到北平，1949年又流亡到台北。我想就算在反共恐共到白热化地步的五十年代初的台湾，乔治·卡诺夫这家人也算是非常反共恐共的人了。正是这样，朝鲜战争一爆发，当他从收音机里听到美国决定派其第七舰队防守台湾海峡，他比谁都兴奋，就在当天下午，不晓得他哪里弄到一瓶威士忌，约我和另一个小学同班，就是前面提到"一个半人"中的那"一个"，刘岩，在校舍后面喝酒庆祝。刘没有喝，我喝了一口，乔治·卡诺夫则一人喝了将近半瓶，不到半小时就醉倒在地。第二天，他就被开除了。

所以，他并没有读完台北美国学校，所以只能算半个。之后两三年，我偶尔会在他们家另一个白俄朋友开的台北"明星咖啡馆"见到他。再之后就失去了联络，至今下落不明。

当年曾经就读过北京美国学校（即使在"北平"时代，校址在干面胡同的北京美国学校 Peking American School 仍一直用"北京"之称），今天在台湾肯定不止我们三人。我知道的就有世交金大哥金懋辉。不过，他比我高很多级，事实上，当我在抗战胜利之后由重庆回北平入北京美国学校的时候，他早已经高中毕业了。

我想今天还是有人不明白为什么当年在北平，或今天在台北，会有一个"美国学校",也不明白为什么竟有中国家庭送子女去那里上学。原因很多,也很复杂。我这里只想回忆一点我个人的经验和感受。

坦白地说,我从幼儿园时代就开始念外国学校了。要追问为什么的话,就出现了一个不大不小的讽刺:为了抗拒帝国主义。

我的父亲张子奇故世多年,他在参与辛亥革命之后去了日本留学,一住十年。"七七事变"之后,我们家虽然一直住在北平,但我父亲在天津任电话局局长,因此那里也有幢房子,在英租界。那个时候,平津早已被日军占领,但太平洋战争尚未爆发,租界是唯一安全地带。日本人知道我父亲,不但一定要他交出设在英租界的电话局,还要他加入伪政权,甚至于要以绑架我们兄弟姊妹来威胁。那时我才三岁多,我父亲于是不得不送我和我两个姐姐去上天津法国学校,圣路易。绑架真可能发生,而且出现过不止一次紧急情况。这样一直僵持到珍珠港事件,英美正式向日本宣战,租界地因而也成为被占领土,我父亲已无处可躲,只有急忙先我们而逃往重庆。次年,1942年,我正在法国学校念一年级,情况越来越危险,我母亲才带着四个小孩儿,我们姊弟三人和一位朋友托带的女儿，走旱路，逃难到了大后方。

换句话说，是因为我父亲坚决不受日本人的威逼利诱，不当汉奸，我才上了外国学校。在当时的情况下，这非但自然，也是不得已的。但问题在于，在重庆念了三年德精小学，抗战胜利回到北平，我父亲为什么又把我送去美国学校。这有主观客观两个因素。

客观，当时北平没有一家小学肯收我这个插班生，而只有北京美国学校肯。主观，我父亲认为，"二战"前，日文可能是一个重要的外文，但他觉得以后必定是英文的天下。就这样，我插班入了北京美国学校四年级。因为逃难，我的学业耽误了一年多，1948 年夏，我小学毕业。

好，又一个问题来了，那到了台湾，为什么又去上了台北美国学校？这次非常简单，没有什么主观因素，全是客观因素，而这个客观因素对我来说，至今仍留有一道伤痕。

因为我手上只有一张北京美国学校的小学毕业证书，台北大部分的中学都不准许我报名。虽然有两家准许，但我都没有考取，美国学校出来的数学太差。最后，还通过介绍，我才以同等学力考上了板桥中学。家在台北龙泉街而上板桥中学可真麻烦，先在水源地乘小火车去万华，再转大火车去板桥。反正年纪轻，也不觉得苦，倒是感到非常兴奋。因为在同辈或一般人的眼中，我不"奇特"了，至少当时我这么以为。

一学期下来，我每门课，甚至于包括数学，都是九十分以上，唯独"品行"，学校给了我五十九分，将我开除！

五十年代初的台湾中学教育，更不要提社会风气，我想也不用我来介绍了。总而言之，比今天保守十倍。传统家长式教育与日本殖民者留下来的权威式教育结合在一起，变成了一座死硬的大山，就等着像我这样一个受过几年西方教育的卵，来击它们的石。所以，尽管当时我毫无觉察、完全无辜，但我已经命中注定是，借用美国一个说法，一个等待发生的意外。

受美式教育的影响，我上课的时候喜欢提问题，偶尔还和老师争论。我的打扮也比较美国化，尤其喜欢戴棒球帽。我经常找女生讲话、开玩笑，约她们一起吃午饭，或她们约我一起乘火车回台北……在今天看来都应该是平常而正常的事，但你可以想象在1950年的板桥中学训导处看来又是一种什么行为。偏偏我书念得很好，但"目无尊长"（及其他）的态度和行为，对校方来说，可要比什么都可怕。初一上结束前几乎整整一个月，因"屡诫不改"，每天升旗之后，第一堂课之前，我要自己去训导处，自己找出尺子，再将尺子送给训导主任，然后请他先在我的左手打上十板，再在我的右手打上十板。

结果还是开除。理由？如果说我不听师长教诲，那就算我不服气，也无话可说。但板中，混蛋的板中，给我家里的理由竟然是——泡茶室玩茶女！

这是我第一次（但，我想你们也猜到了，并非最后一次）领教莫须有罪名的味道。我想我父亲很清楚原因在哪里，所以就让我在家先待一阵看看，每天练练大小字、写写日记、读读《文选》、钓钓鱼、打打球，偶尔看场电影……不到三个月，刘岩来电话说台北美国学校刚成立了初中部，正在招生，于是我又从初一念起。

当时校址是中山北路马偕医院对面，学生一共不到三十人。初一只有我和刘岩和稍后来的乔治·卡诺夫。我还记得我们三人第一次在台北碰面，还去"明星咖啡馆"喝了一杯热巧克力。

第二年，美国学校买了孙连仲将军在中山北路的三层楼房为新校址。这时，因为美援，学校一下子增加了好几倍的学生。学校也比较上了轨道，相当于美国任何一般中学，也就是说，初二开始还要学拉丁文。乔治·卡诺夫这时已被开除，但我们班上另外多了三个外国学生，其中两个是美国男孩，一个是父亲在农复会任森林专家的哈利·弗瑞兹，另一个是父亲好像任台湾银行经济顾问的莱纳德·戴维斯，以及父亲搞进出口的韩国女孩艾琳崔。教我们的是美国老师梅丽特女士。到初三又有了魏小蒙。因此，1952年，台北美国学校初中部第一届毕业生就是我们这六个人。我记得我们毕业典礼请的贵宾，因我们毕业班四个男生的坚持，竟然不知天高地厚地邀请了鼎鼎大名的"七虎"篮球队，而他们也竟然莫名其妙地来了。

我就读的那几年，台湾社会关于台北美国学校的辩论和批评似乎未曾间断，也无结果。有的基于民族主义，例如"崇洋媚外"；有的说这种学生都是进不了中国学校或中国学校根本不要的"不良子弟"（倒是部分形容了我的情况）；有的指责送子女上美国学校的中国家庭，不是有钱，就是有势，就是有权，等等。

前两类批评，因为比较感情用事，所以很难辩解，但第三个指责，在相当程度上是有根据的，尽管并不完全适用于我、刘岩和其他一些家庭。我父亲到台湾已经半退休，但就算在大陆时，充其量也只能算是中上级官僚。刘的父亲是"总领事级"的"外交官"。至于经济情况，我们两家都谈不上富有。然而我也知道，在当时的台湾社会，在五毛台币一碗鱼翅羹的台北，无论是本省人家庭还是随国民党来台的外省人家庭，能付得起初一时每月七美元到初三时涨到每月二十一美元学费的，也恐怕只能说是少数。

那五十年代初，台北美国学校有没有算是有钱有势有权家庭的子女就学？当然有。无论是和我同级、低一级还是更多，就有一般人眼中的大官的子女，像桂永清、黄少谷、孙桐岗、孙连仲、周至柔、黄仁霖、魏景蒙等等。真正有钱的巨富也应该有，只不过我多半不认识，我只记得有一位姓林的小学二年级学生过生日，这小子不但请了全校一百来人参加生日宴会，还招待我们全体师生去参观他们家在金瓜石的金矿。

所以，当时台北美国学校的中国学生，尽管才不过上百人，在各种场合却引起几乎普遍的不满和反感。一个个小小年纪、满口英文不说，同时又是一个个乔治、玛丽、保罗、莉莉……然后是在台北街头"招摇过市"的"奇装异服"。但你说奇也好、异也好，甚至于今天说有什么了不起也好，台北美国学校的学生的确是台湾第一批穿牛仔裤的，和十三太保太妹差不多同时。也许是为了这个原因，我们首当其冲地引起了当时日渐兴起的青少年帮派的注意。例如，以中山北路为地盘的"十八罗汉"，就是一个喜欢找我们麻烦的帮派。这可要比当时报纸杂志对我们的任何批评和责骂真实恐怖得多了。

我于1952年初中毕业，那时美国学校还没有高中，所以我又以同等学力考进了当时声名不亚于美国学校的强恕中学（并恰好和堵过我很多次的"十八罗汉"老幺同班！）。等到次年美国学校有了高中，我父亲和我都认为我应该在中国学校（哪怕是当时的强恕！）念完中学。结果，我1955年毕业参加五院校第一届联合招生而进入师范大学，还是我生平第一次以教育部承认的毕业文凭报的名、考的试。

基本上，我不认为小时候上了美国学校，从北京到台北美国学校，对我，作为一个人，有什么负面影响（我的侄女张艾嘉也念过台北美国学校，而我也不认为对她有什么负面影响）。至少，我的中文并没有受到多大影响，不过，那可能应该感激我多年的家教，叶嘉莹老师。

至于有没有正面影响，那我只能说，个性之外，我今天一切，从言行到举止，甚至于到写作等等，都是我过去全部经验的结果，美国学校只是其中之一。而且这今天一切，是好是坏，个人怎么看是个人问题，并非最后，还应该由别人来评价。上美国学校，对其中大部分人来说，只是比一般人早一点接触到美国文化，但又没有今天的"小留学生"彻底。说实话，就像念任何学校或处于任何情况一样，只有盲目自大的人，会因就读美国学校被人另眼看待而觉得了不起，或者是信心不足的人因就读美国学校被人指责而感到困扰。就读美国学校，不必自傲，更不必自卑。它毕竟只不过是你人生旅途开始时的一个阶段，而非其终站。

1990 年

赶出家门

高二那个学期，我有天放学回家，刚进客厅，父亲就对我说："文艺，你现在就离开这个家！"

我收拾了一下书包，带上所有课本，也不知道还应该带什么。出大门之前，母亲上来给了我一沓钱。就这样，我给赶出了家门。

出了我家那条街，上了和平东路，没带自行车，我有公共汽车学生票。

我先去找一个同学，说我给父亲赶出来了，要他先告诉另外两个哥们儿。我叫他不要同别的同学提，我会照常上课，就像没事一样。他问我晚上去哪里睡，我随口说公园、火车站。钱够吗？我说暂时还可以。

我当晚先去西门町吃了碗牛肉面，之后去了新公园，才七点多，已经有人在一排排长椅上睡了。我找了一条，坐在那里胡思乱想。

这半年多，我的生活是有点荒唐。下课之后，也不回家，找瓶酒在新店溪边林中和朋友乱混。周末总有人开派对。这些家庭好像没人管，动不动就搞到快天亮我才翻墙回家。上学期还要补考数理化，让学校给记了两大过两小过，留校察看。暑假又给罚去劳军，还打枪，找个乡下姑娘唱《卖饺子》……

第二天一大早，我给四周的声音吵醒。公共汽车、交通车、货车、私人汽车、自行车……都去上班了。新公园里有人在做体操。七点多了，我赶快找个水池擦了把脸，在地摊上喝了碗甜豆浆，吃了一副烧饼油条，就去上学。

我的三个哥们儿都知道了我的事，中午其中一位拉我去他家吃饭。他父亲在上班，母亲很亲切地招待我。他们家我很熟。饭后我去厕所，顺便取了一沓手纸，在外边流浪，我发现大便是件麻烦事。中华路上有公厕，又臭又脏，而且没有手纸，火车站也没有。

我那个星期在他们三家轮流吃了几次午饭。有天，朋友的母亲上了菜就出门了，我赶快在他们家洗了个澡，又向同学借了一条内裤，也把我那条穿了两个多星期的给洗了。

我不但去上学，而且星期六下午，还去叶嘉莹老师家上课，叶老师肯定知道我的事，介绍她给我补习的那位翟先生肯定跟她说了，可是叶老师从来不问我，我也当然不提。

我在想，纽约有上万个无家可归的流浪汉，政府有不少收容所，但他们大部分都不肯去那里睡，经常被抢，情愿在街头和地下铁找个床睡。我家附近就有一家宗教会办的收容所，也有人睡在那里，但大部分只是每天排队领饭吃。

不知道这些人没潦倒流浪之前是干什么的，看样子他们多半要这样过一辈子。而当年的我，心比较不太恐慌，总觉得早晚会回家。只是钱很快就用光了。

哥们儿毕竟是哥们儿，一个当了他的夹克，一个当了钢笔，一个当了手表。我又靠这笔钱，中午吃了几个摊上的生煎包，晚上一碗牛肉面馄饨面什么的。几个星期下来，我的流浪生活像是有了一个规律。

凡是有风有雨，我就去火车站睡。五十年代的台北，火车站从不关门，总有人在那睡，或是等一早的火车，或是无家可归。天好，我就去新公园或植物园，那里也总有人在过夜。但都有些麻烦，火车站候车室长椅臭虫大且多，我经常睡在地上。而公园总不时有人找你说话搭讪。

这天上空一片乌云，我从公园去火车站。突然听见有人叫我。

看起来面熟，好像多年前上板桥中学的高年级同学。名字不记得了。他问我去哪里，我犹豫了一下，跟他说我离开家了，现在去火车站过夜。

他看了我一下，叫我跟他走。

我们一路无语，后来忍不住问他去哪里。他说有地方睡。你家？他笑了说没家，一指上头说，我睡那里。我抬头，只看见一个小城门楼。

我们走到一个小门，锁像是坏了，绑着麻绳，上了楼，空空的，只在一个角落里有堆棉被。他有两条，一条给了我。我就照他，一半铺在地上，另一半算是被。我们并排躺在那里，问他在这里住了多久了，他说两个月，又问他上学还是工作。他半天没说话，然后说早点睡吧。

我在南门睡了好几天。头一天他没说什么，之后几天，他又说个不停。我这才知道他是从东北到台湾的学生。板桥念了两年便退学打工。这种临时散工也都是短期的。东北同学会只帮他几个月就停了，他去当了三年兵，才退伍。

我突然感到，不管怎样，我多半有家可归。外面像他这种不幸的人可太多了。

像是五天后一早，我说有个朋友要我去他家睡，感谢他收了我这几天。我就这样照常去公园或火车站过夜。我已经够烦的了，实在没精神再去听像他这种更多的麻烦和伤心事。

第二天放学，天有乌云，还有风。我走向火车站，上了和平东路，正要找个摊子吃点什么，突然身后有人叫我"文艺！"，是我大姐。她也没问我什么，只说："上我家去。"

姐夫张桐还没下班。我先好好洗了个澡，穿上姐夫的睡裤汗衫。大姐把我的衣服全交给女佣去洗。她在炸酱，切面条。我已经闻到了很熟悉的香味。

我在大姐家住了五天。那天晚饭之后，我们坐着闲聊。这几天，他们从不问我这一个多月来是怎么过的。我也不主动提。

电话响了，大姐去接，听了几句挂上了。回来跟我说："带上书包，走。"问她去哪里，她说："回家。"

我问她，刚刚那个电话是妈打给你的？她说是。是爸爸叫妈妈打的吗？不是，是翟先生和齐先生。他们二人从重庆到台北，一直跟我父亲做事。他们这几天都在和爸爸说你的事。最后他们和父亲说，让文艺回来吧。爸爸没言语。他们就叫妈给我打那个电话。

进了家门，进了客厅。齐先生说："三弟，好久没见了。"那位介绍叶老师给我的翟先生也跟了一句："大鹏问你好。"大鹏是他儿子，重庆那会儿刚出生。我们两家和齐家住在重庆同一条弄堂。

我爸没看我一眼，母亲也没说话，大姐坐下同他们说话。我进了我的房间。

就这样，浪子回家了。

高三那年，我开始准备台湾公立大学五院校联合招生。这可是一道大关。过不了，就要去当三年的二等充员兵。

我倒是考上了。大学四年，教书一年，金门服役一年。人也比较懂事了。直到我 1962 年出国，父亲母亲都没有提我给赶出家门这回事。

回想我这一代和下一代在那么严的管教之下，皮肉之苦可吃了不知道多少次，我不敢说下一代侄儿侄女如何看他们的祖父，但尤其就我和二哥来说，我们可让父亲打得很惨。可是二哥有料，中学勉强念完，就独自逃离家庭，只身从天津去了重庆，考上了空军官校。只是抗战期间，杭州笕桥空军官校给日军占领，结果他是美国空军官校毕业的。

他有这个料，我有我的料，只是不包括逃离家庭，而是，说来丢脸，给赶出了家门。

我后来没有和二哥谈过这些事。只是他回国之后，看到他如何照顾我们全家。我就知道，我们两个都不责怪父亲。

我们都明白，无论父亲政治上多么前进，十八岁就参与了反清起义，但他究竟生在清朝。再加上去日本上大学。传统保守的儒家思想，加上受日本大男子父权意识影响，父亲只能，也只知道如此管教子女。

后来我进了纽约的联合国，请爸妈来美国看看。他们住了三个多月，我除了带他们在东部几个大城市跑了一趟，还开车去了趟中西部，拜访我妈一位堂弟。无论在纽约家中，还是沿路说话，我发现这还是第一次和父亲有了一种真正的父子交谈。

我不清楚别的家庭父子关系如何维持，但我们父子关系是如此这样正常化的。过去的事，无论好坏，谁对谁错，都好像从来没有发生过，也没有电影那种戏剧化。可是我们父子二人最后可以像一般家庭父子那样，我觉得这样也好。

就像莎士比亚那部话剧，*All' s Well That Ends Well*（梁实秋译为"皆大欢喜"。我这里直译），"结尾好，什么都好"。

2018 年

龟驮碑事件

我在《去后方》里提到，抗战期间乘骡车逃难途中，在乡野坟地上看到不少墓碑下面都有只乌龟，骡夫说龟命长，讨个吉利。我在文中接着补上一句，这件龟驮碑小插曲，后来在台北上高一的时候，可给我带来一个天大的麻烦。

1952 年，我在台北美国学校初中毕业，没有考取任何一个好的公立高中，最后还是以同等学力（初中文凭不被教育部承认），考进了当时台北声名狼藉的私立强恕中学。

五十年代初，朝鲜战争结束，岛内人心稳定了下来，社会也随之有了生气，教育界更是出现了新情况。

台北市几乎一夜之间，冒出了不少歌厅，至于茶室，那可不是人们品尝乌龙的场所，而是被年轻人发现是个偷情的所在。能偷多少，视男生女生的胆量和欲望而定，也视室内灯光亮度而定。

可是对一般中学生来说，威胁最大的是青少年帮派。虽然早在我上美国学校时期，中山北路一带就有了一个号称"十八罗汉"的青少年帮派，其中老幺也姓张，堵过我不少次，等我上了强恕高一，这小子竟然和我同班，我成为他帮外的哥们儿。

1953 年，这些帮派兄弟姐妹在社会上有了一个通称，"太保太妹"。这有点奇怪，就我所知，"太保太妹"是台北青少年帮派兴起之前，一些外省籍富裕家庭的子女结成的几个小组织。只是不清楚"太保太妹"是其中一个组织自封，还是记者们发现了又一批引人侧目的少年男女，各十三人左右，才为他们取名"十三太保"和"十三太妹"。反正，从来没听说过他们在外面闹过什么事，只是自己开开派对跳跳舞，谈谈恋爱，可能是他们外出时候的装扮，是如此之与众不同，才引起了社会的注意。

我后来上了师大，比我高三级一位姓李的同学，就是当年

"十三太保"老幺。他周末外出的打扮，黑皮夹克，牛仔裤，黑皮靴。骑一部当年极其少见的哈雷摩托车（Harley-Davidson）。后面搂着一位类似打扮的太妹。结果就因为这批令人侧目的原始"太保太妹"，其后出现的所有帮派兄弟姐妹，及至只因穿牛仔裤，或涂口红的男女生，尽管他们和帮派沾不上边，也都一律给看成太保太妹。就这样，太保太妹就变成所有成年人看不顺眼的青少年的代名词。直到五十年代末六十年代初，在玩真的"四海帮"和"竹联帮"出现之后，这个"太保太妹"的称呼才渐渐在报刊上少见。

至于强恕之名所以狼藉，一来是学生都是考不上如建中、附中、北一女、北二女的学生，二来是其中除了一些纨绔子弟之外，还有不少"不良子弟"，各有帮有派。另外，好的公立中学大都男女分校，而强恕不但男女同校，而且漂亮女孩出了名的多。而教育界，我上高一那一年，蒋经国组织了"中国青年反共救国团"，硬性规定全台高中大学男女生必须入团。当时只有一个高中生，想是父亲指示，拒不参加。当然，他有个好爸爸，台湾省"主席"吴国桢，小蒋的政敌。

"救国团"不但渗入校园，还设立了"军训"班，有驻校教官，男女生一律开始"一二三"齐步走，还去校外空地列队操演，直到没有子弹的打靶，用的是"一战"报废的三〇式步枪。

这就是"龟驮碑事件"的时代背景。

不记得高一那门课是"公民"还是"三民主义"，无所谓，课本是孙中山先生的《三民主义》。

好像是暑假前一个多月的周六下午，我在家中做习题。代数，大字小字，三民主义都做完了，不知道为什么心中一动，又翻了下三民主义作业本，果然多翻了页，有一右一左两页空白。

我正在犹豫该怎么办，突然想起那年乘骡车去后方的乡野路上，不少坟地的石碑下面都有只乌龟。骡夫说，乌龟命长，讨个吉利。我在想，这个好。

我就在那两页空白纸上画了一个龟驮碑，碑文上写了"三民主义万岁"。之后去了师大打球，也把这件事给忘了，周一交了作业。周三，正在上课，突然训导主任在教室门口向老师招手，二人在门口说了几句话之后，老师回到我的桌前说："训导主任叫你去谈话。"

训导室只有两个人，坐在桌后的训导主任和站在他身旁的军训教官。训导主任摊开我的作业本，给我看那幅龟驮碑，"你画的？"

我说是。教官说："你侮辱了国父，三民主义，国民党。"

我说我绝对没有这个意思，我是在为三民主义讨个吉利……教官说："你胡说什么？"

我告诉他抗战期间，母亲带了我们姐弟乘骡车到西安路上，在乡野坟地上看到不少石碑下面都有只乌龟。骡夫说龟命长，讨个吉利——还没说完，教官说："胡扯！背后是谁指使你的？"我说没人指使，教官说这是政治阴谋，要接受军法审判。

训导主任说话了："你犯了一个政治错误，学校可以立刻开除你。不过，我们先要跟你家人谈谈。叫你父亲明天十点来学校见我。"

回家路上，我一直在想该怎么跟父亲说。到家之后，母亲看到我的脸色，问有什么事。

我说了，母亲叹了口气。

从我课室座位，可以看到半个操场、训导处和校门。刚开始上课，我看到父亲和一个校工走向训导室。大约二十几分钟之后，我注意到训导主任和教官陪着我父亲往校门走，让我惊讶的是，告别前，训导主任竟然鞠了个躬，教官也立正，行了一个军礼。

我的心一直定不下来，回到家就回房。母亲跟着我进来。

"不开除，两个大过两个小过，留校察看，暑假罚你去劳军。"

我问他们问了爸爸什么话，妈说你不必管了，只是教官怀疑是你爸爸指使你画的，问他是不是党员。你爸爸说他参加山西那边的辛亥革命的时候，还没有国民党。反正，不管哪年入的党，你爸爸的党龄比他们的岁数还大。

第二天上学，布告公开了我的罪状和惩罚。

所谓的"劳军"，是"救国团"主办的一个暑假活动项目。另外还有什么游泳、登山、露营、歌唱、民族舞蹈，一些球类营……所有这些活动，名额一下子全满了，唯独劳军，人数不足。这正是为什么教官指定我参加。有意思的是，劳军变成了我的惩罚。

那几年强恕有一个很特殊的学生，好像姓孙，年纪比我们都大一点，总有十九了，流落在台。江苏同乡会收养了这个小同乡，交给同乡会办的强恕中学，他一方面插班上课，同时给老师们跑跑腿，就睡在教职员宿舍一间小房。他还有一项重要的工作，为各班大考钢板印考卷。

可是他有天分，会唱戏，民间小调，流行歌曲，还有个戏台上的架式。这就是为什么教官派他安排一个劳军节目，又把我交给了他察看，有什么问题向他报告。

那天放学之后，孙问我会不会唱歌，叫我唱几句。我就唱了抗战胜利之后听到的白光所唱《秃子溺坑》，也只是头几句，"扁豆花开麦梢子黄啊……手指着那媒人来骂一场啊，哎呀……"他说拍子不准，嗓子还可以。

孙说他已经有了节目，不长，只有十分钟左右。我那个角色要唱两首短调，几句台词，这场戏叫《卖饺子》，一个乡下姑娘包好了饺子到镇上去卖，路上遇见了士兵，二人逗着说了会儿话，士兵就把一篮饺子全给买了。他要我演那个乡下姑娘，他演大兵。

想到这是留校察看的惩罚，我只好忍了。离暑假还有一个多月，孙说这个星期六半天课之后开始排练。

我们就在一间空教室排练，他给了我三页剧本，其中一页对话，两页各有一首民间小调，附五线谱。我说我不会看谱，叫他唱一句，我学一句。

"奴在房中包呀包那个饺子儿来……"现在想不起下面几句，然后接着是"提起了篮子儿去赶集儿，出了车拐门儿"，下面还有几句，还有另一个小调，都不记得了。

两个周六之后，也会唱了，台词也记得了。下个周六正在排练，突然室外有人叫我："张文艺，你在干什么？"是我班上两个女生，她们知道我要去劳军，就进来跟孙说，"看样子，他演了一个乡下姑娘，也不化妆，小光头就上台？"还没等孙回答又接着说，"下礼拜六排练，我们给他化妆。"

下个周六，她们来了，真当回事，画眉毛眼圈，又扑粉又涂口红，她们还找来一大块印花布，给我包头。

她们突然咬了下耳朵，一个女同班出去了，回来的时候，我注意到她手上拿着一个胸罩。她叫我脱下制服衬衫，把里面塞着手绢的胸罩，正要给我戴，我说慢点，孙是这台戏的编导，他不点头，我不戴。孙说："戴上吧。"

我不记得去了哪些部队的营地，好像第一站是在新竹附近。台下反应是礼貌性的鼓掌。散场以后，孙找我谈话："你说你在北平常去听戏，听过《武家坡》吗？"我说听过，还是马连良张君秋的。那你记得薛平贵是怎么出场的吧？记得，还给他唱了头一句，"一马离了西凉界……"那你记得这句话是他出场前在幕后唱的？我点头，他说《卖饺子》的戏剧性不强，我们要想个点子。下一站演出，你唱头一句上半段"奴在房中包呀包那个饺子儿来……"，也在幕后唱，然后出场亮相。我说这个好。

下一站是在台中附近。恰好一个民族舞蹈队也在那里。孙认识其中一个女孩，就请她来为我化妆，她像个大学生，没把她的胸罩给我，只是找来一个大布条和几条手绢，绕在我的胸前。可是她真会化妆，还有个化妆箱。还把我的黑裤脚给扎上，还叫我把上衣短褂袖子半卷起来，把我给打扮得可真像个乡下姑娘。

台下反应不错，可是孙说还要想个点子。下面士兵真把你当作是个小女生。戏完了，我们谢幕鞠躬两次，一次照常，二次鞠躬之前，你摘下包头，让台下看出你是个小光头男生。我说这个好。

果不其然，等我取下包头的那一刹那，台下轰然一声"啊!"，接着一阵热烈掌声。以后去了嘉义，台南，高雄，还有几个其他营地，都如此谢幕，孙很高兴。就这样，我们台湾南北跑了一个多月。

六十多年后回忆这段往事，当时所有的气愤和无奈都淡了，棱角也都给岁月磨得不那么有棱有角了。站在时间远处回看这个学校政治化期间的龟驮碑事件，反而有了一个由始到终的完整性。从一个政治性威胁恐吓开始，到一个小光头男生给打扮成乡下姑娘的闹剧性演出收场。

剧终？从高二到高三，出乎导师的意料，我被同班一致推选为风纪股长。这个股长通常是老师信任的学生，有点像纠察，不时跟导师透露一些班上的不满和抱怨。导师当然很不高兴选了一个几乎被开除，也没讨好过他，又犯了政治错误的我，选举制度可贵在这里，有人觉得可怕也在这里。

我也觉得意外，同时还感到同学是故意选了一个上了强恕黑名单的我，算是他们在以投票方式来为我打抱不平。

当然，为我打这么一个抱不平，其作用和意义都极其微弱。即便如此，这个象征性行动，倒是为我这场龟驮碑闹剧，补上了一个诗的正义尾声。

自以为聪明

"自以为聪明"，在你这么说别人的时候，不是一句好听的话，有点嘲讽，也有点惋惜，还带一点幸灾乐祸的味道。

自以为聪明的人，在做一件他自己也知道不该做的事，总觉得他混得过去，要不然那么多公职人员又何尝不知道贪污受贿有违国法，私营企业也何尝不知道内线交易、窃取工商科技知识产权都是犯罪行为。至于个人，又从倒汇到盗版仿冒到偷抢到走私和贩毒到骗财骗色……名堂可多了。

不错，总有漏网之鱼。可是自以为聪明的人都不愿去想一句古训"天网恢恢，疏而不漏"。

可是，当自己做了一件自己也知道不该做的事，而能在事后如此反省，尽管懊恼已晚，木已成舟，倒是在诚实地面对自己，承认自己做了一件不该做的事。

我曾经有过这样一个教训。在自以为聪明地做了一件事之后，渐渐了解到，此举没有伤害到别人，反而发现最后受害者是我自己。

那是我高中时期的自以为聪明，或许可以算在年少无知的头上。我是说我的字。

五十年代初，台湾中学作业可以用钢笔，但大小字之外，作文也仍用毛笔。

父亲一直练字，从平津到台北。他很少查看我的作业，只是不时看看我的毛笔字。高二的时候，他有天进了我的房间，给了我几本字帖、一沓大小字纸和大小字毛笔，还给了我他收藏的一个砚台和墨。"你的毛笔字太不像样了。从今天起，做完功课，每天给我写一百个小字，十个大字，注明日期。"

才给我请了一位叶老师念古文，现在又要我写大小字。我心中叹了口气。

我当晚就开始写，可是不记得那天是几月几号。为了后来自作聪明的参考，就说是 10 月 15 号吧。

就这样，每天晚上写完学校作业之后，开始写一百个小字十个大字。写完之后放在客厅茶几上。这样写了几个月之后，父亲没有一句评语，我虽然写得有点烦了，但还在写。

大概是次年 11 月中，大小字已经写了一年多了，也没什么感受心得，我突然想，为什么不用去年今天那些大小字去交差，我犹豫了片刻，就找出去年 10 月 16 号那天写的大小字，摆在客厅茶几上，回房睡觉。

没有什么动静。昨晚交上去的字已经给放回我桌上，我当晚没敢继续作弊，就又写了一百个小字十个大字。之后，我先是一星期交两次去年写的，又写写停停，再又一星期三次，一星期四次。

快过年的时候，我还在房中写作业。母亲拿着我昨晚交的大小字说："你爸爸叫你不必再写了，一年多下来，大小字没有一点进步，说你没什么出息。"

母亲走了之后，我的心情一下子复杂起来，但一直没搞清楚这种心情是怎么回事。

这件自以为聪明的回忆，已经是半个多世纪之前的事了。这么多年，我不时想起这段往事，开始感到一些懊恼，起初只是觉得欺骗了父亲，可是他又一直没说，还是没发现我作弊，也没有像我犯了别的错那样又打又骂。他只说一年多下来，大小字没有任何进步（当然了，上交的都是上一年写的），只说我没有什么出息而已。

没什么出息，也不用父亲指出，我自己也不知道以后干什么。可是我又在想，所谓的年轻时代的没出息，其实是年轻人，在人生开始的旅途中正在瞎摸索的阶段，尽管我当时并没有这个自觉。这就容易让父母觉得没出息，年轻人不被大人了解，正在这里，"代沟"（generation gap）一词尚未出现。

不错，中学要上国文史地公民课，也要上数理化，还有体育音乐美术，和五十年代中的军训。为的是让正在摸索的年轻人去发现哪一种知识或学问吸引他，至少启发一些兴趣，让我们为长大之后自立做准备。

那我事过多年之后在懊悔什么？我发现当年这件自以为聪明的作弊，也许欺骗了父亲，可是最后意识到，最终欺骗、伤害到的是我自己本人。

结果？从上外国语学校，中文学校，叶老师，大小毛笔字……结果？英文还过得去，中文也还过得去，可是字还是没个样子。

我又在想，既然受害者是我自己，我也只好认了，只不过还是免不了累及不少我的朋友。

当年靠笔写的信件来往的朋友们，倒无所谓，爱屋及乌，接受了我这个朋友，也自然就接受了我那笔不像样子的字。

我指的是近五十年，无论中国还是美国，那些刊载过我的文章，出版过我的书的编辑，他们不得不忍受阅读我的手稿之苦（我至今仍笔写文章）。我非常同情这些朋友，他们是不得不爱屋及乌。

2018 年

我脑海中的五十年代台湾

是哪一年我不记得了，总之，朝鲜战争已经爆发，台北有了美军顾问团，中山北路也出现了一些酒吧和吧女。是这样一个时代的一个暑期下午，还在念初中的我，刚从国际戏院出来，正在取自行车的时候，对街一个感觉上有点不寻常的场面突然吸引住了我。

首先入目的是她那一双赤裸、修长、丰满、洁白的大腿，黑色高跟鞋，更有那条鲜红的超级短裤。上身配一件无袖衬衫，身旁是陪她逛街的一位高大美军士兵。我的老天！我从来没有见过任何中国女人敢如此惹火地打扮，如此大胆地暴露，更如此招摇地过市。

几乎就在我注意到她的同时，我发现她身后已经跟随了不少指指点点的人，而且没有走完半条街，突然之间，有几乎上百人将他们二人包围了起来，有人叫骂，有人甚至于动手推或摸她膀子。美国大兵发现情况不妙，急忙一手搂住她，另一手推开人群，相当吃力地躲进了"四姊妹咖啡馆"。不到十分钟，一辆美军吉普车，载着两个美国宪兵和两个本地宪兵，前来解围。

第二天好像只有一家报纸简单地报道了这个事件。我想，除非像我这样当时在场的目击者，其他任何人都无法想象这个场面的震撼力，更不要说这个小小事件所可能含有的任何意义。但是在不扯得太远的前提下，那天下午在西门町围困长腿女郎和她美军男友的群众，部分人的下意识心理，相当接近多年后因刘自然案而围打美国当时驻台机构的部分群众的下意识心理。

前一个是今天肯定没有几个人会记得的小事件。一个一闪而去的街景，小得我无法更清楚地回忆。后一个是震惊中外的重大历史事件，台湾政治社会发展的一个里程碑，大得我也无法去完整地回忆。然而，在这两者之间，却正是我脑海中的五十年代台湾。但不论我要回忆的大小事件是我亲身经历或目击，还是耳闻，回忆本身却是很微妙的，甚至于相当狡猾。同时，一不小心，就非常可能被指责为在怀旧，在自我过一次温情旅游之瘾。

国民党正式迁台之后，除了一大批直接由大陆来的以外，还有不少人是曾在香港停留几年才来的。台北外省人圈子里的年轻一代，由于其中不少在抗战时期住过重庆，或生在那里，因此就曾流行过一阵四川话，而且引以为豪。而之后香港来的这批子弟又以会讲广东话为时髦。他们不但讲广东话，而且还从香港带来一个流行了一阵的时髦用品，就是那个时候香港每个小女生都用的藤编小箱型书包。但是这个香港书包，来得快，去得也快。朝鲜战争爆发之后不久，至少台北市的中学生，个个都背上了美军装防毒面具器材的黄绿色军包。这个美军书包至少流行到六十年代初。但学生之外，你如何识别五十年代前期台北市街头任何一位时髦男士？下面的条件他大约全都具备，至少其中二三：一件浅色粉红衬衫（为什么会流行，我至今没有答案），口袋上别着一支派克金笔，腕上一只欧米茄或劳力士手表，外面一套铁灰色西装（铁灰色，至少流行了两年），戴着一副雷朋墨镜，腰上挂着那个墨镜盒，然后穿着一件美空军深蓝色雨衣，骑的是一部飞利浦（当然更酷的是蓝宁），而且一定要三速。

五十年代初的片片段段：

摇滚之前最风行的一首美国流行歌曲（乡村）：*Seven Lonely Days*（《孤独的七天》）。

三军球场之前唯一篮球公开赛场地："宪兵球场"（露天）。

最佳通俗小说：李费蒙的《赌国仇城》和《情报贩子》。当然，最佳漫画《牛伯伯打游击》等，也是他用"牛哥"笔名创作的。

第一对本地相声明星：本人丁一，在下张三……

朝鲜战争对五十年代初台湾的影响实在很大，经援、军援不说，岛内上下首次感到安心。现在回想，当时的白色恐怖，一部分是因为台澎金马有美国第七舰队和十三航空队进入，才有了逐渐缓松的可能。五十年代初，我不但目击到一卡车、一卡车地从师大、台大逮捕学生，我甚至经常去水源地看枪决"匪谍"和其他重刑犯。而且当时确实查破了一连串的"匪谍案"。但最精彩刺激的是"李朋汪声和"案。除了案情和侦破过程复杂之外，他们二人不是替大陆搜集情报，而是替"第三国际"[1]。但是这类重案和枪决事件，到了五十年代下半期，就很少听闻了。"匪谍"一过，最吸引市民注意的是社会和情杀案件。八德血案可能是个例外，但黄孝先、张白帆，尤其是安东街柳公圳分尸案件，简直抓住了全台湾的人心。

社会的不安全感开始消散的一个具体表现，是台北市开始有了电影和平剧（胡少安、顾正秋）以外的娱乐。然后是几乎同时出现的太保太妹（和牛仔裤）。

这个青少年帮派代名词来自与我同代，但稍微大我一两岁的"十三太保"和"十三太妹"（我真希望这二十六位前辈之中有人写部回忆录）。这些以外省子弟为主的帮派立刻引出无数仍以外省子弟为主，但开始霸占地盘、勒索抢劫、寻仇殴斗（以美军宽皮带、

---

[1] "第三国际"已于 1943 年解散，但其情报机构当时尚以"共产党和工人党情报局"名义存在。

飞轮和车链为武器）的第二代，例如以中山北路为根据地的"十八罗汉"，还有不知其地盘在哪儿的"一百零八将"。五十年代末的"竹联帮"和"四海帮"应该算是第三代了。本省较老的帮派如"大桥帮"，则很少越界前往西门町或东门町。

就十几二十来岁的人来说，这是相当刺激的时代。西门町首先出现了弹子房，后来台大附近罗斯福路上更是打弹子的集中地（啊！金祖霖！）。光是追记分小姐，已经够骑着高垫飞利浦的大小太保产生摩擦的了。另外一个麻烦场所是在北一女举办的周末电影欣赏会，因为太保太妹闹事，办了几年就停止了。接着是将已经存在的茶室略微变质，使它更为色情。当时因为好莱坞的几部影片，如《飞瀑怒潮》《大江东去》，玛丽莲·梦露成为台湾第一个头号性感明星（连《上帝创造女人》的那个女人，碧姬·巴铎都比不过）。所以，西门町一条巷子里一个星期之内出现两个新茶室，一个叫"玛丽莲"，一个叫"梦露"。这类茶室本质上与，比如说，"新南阳歌厅"不一样，后者是较长一辈的消遣所在，比较老派，泡杯茶、嗑嗑瓜子、听听歌等等，但是连这样的所在后来也变成观、听众只要看女歌星"跳！"，以便乘机瞄一下内裤。然后有人干脆推出百分之百的大腿舞，像"黑猫歌舞团"。而前者无论是"玛丽莲"，还是"梦露"，则主要是年轻人偷情的所在。能偷多少，视少年男女的胆量和欲望而定，也视茶室内亮度明暗而定。

如果说五十年代初和中期的台北市社会时髦风流男士的典型打扮是浅粉红衬衫和铁灰色西装的话，那大中学生，在放学之后或周末去西门町，或去朋友家的摇滚派对时的打扮，因军训制服的关系，尤其是男生，尤其在《养子不教谁之过》放映之后，多半是牛仔裤，有时一件夏威夷式花衬衫。女的衣装不太戏剧化，但是那发型，我的老天！那发型！可确实真有本事。无论校方如何严格规定，至少私立学校如强恕中学（更不要提美国学校）的女生，流行马尾就是马尾头，流行赫本就是赫本头，再等到太空装（小大衣，但为什么太空？我一片空白）流行的时候，台北好像每个女孩儿都穿它上街。

五十年代的又一些片片段段：

　　台北市最早的几家一流中菜馆：状元楼、山西餐厅、新陶芳。

最早的西餐厅：明星咖啡馆、铁路餐厅、吉士林。而且吉士林的月饼也是一流，同时它的大师傅更开了台北第一家北方的小吃店"一条龙"。

访问过台湾的美国各界名人：麦帅、乔·路易、哈林篮球队、玛丽·安德森、白雪溜冰团、艾森豪威尔、美海军"蓝天使"空中特技飞行队。

五十年代中台北第一个摇滚乐唱片骑士（DJ）：我的小学同班——阿瑟。

台北市第一家出租车公司于五十年代末成立，手笔很大，进口五十部奔驰，但没有多久就转卖，一大丑闻……

我前面提到我曾目击五十年代许多事物的诞生，但所目击到的不少事物，多半只有目击者本人觉得有意义。比如说，台北市的蒙古烤肉诞生在萤桥河边。萤桥最早是中学生发现的理想的幽会所在，因为水上可以划船，甚至于夜间游河。不久之后就有了水上小吃，像鸡鸭翅膀、茶叶蛋等等。然后才有人在河边搭棚开店卖蒙古烤肉。萤桥于是成为台北一个重要的新夜市，搞得大中学生连廉价偷情的地方都没有了。

但是我目击诞生的不光是蒙古烤肉，或山西餐厅的涮羊肉，什么东门町的牛肉面、福乐奶品公司、东海大学、中原理工、淡江英专、大学联合招生、志成补习班、国际学舍，以及在那里举行的第一届"中国小姐"选美，还有侨生、拍卖行、"工商杯"、"中华商场"、眷区、三七五减租、耕者有其田、"中国青年反共救国团"、暑期训练、《民生主义育乐两篇》、亚洲铁人杨传广、"阅兵"、CAT（不是猫，是"华航"之前的主要航空公司）、石门水库、横贯公路、新生南路、呼啦圈、中心诊所、荣总、非肥皂、七虎、大鹏、养来亨鸡、武侠小说出租、菲律宾"七上"篮球队、道德重整会、小美冰激凌、《自由中国》、猫王、四十四转唱机唱片、空军新生社周末舞会、"中国之友社"、孙立人事件、《文星》、胡适回台、限时专送、煤球、附中实验班、三轮车（"三轮车，跑得快，上面坐个老奶奶，要五毛，给一块，你说奇怪不奇怪？"）、再兴幼儿园、吴国桢案（其子是全台湾唯一敢不加入"救国团"的中学生）、"八七"水灾、一人一元救（"八七"水）灾运动、"八二三"炮战、崔小萍案、我在台湾唯一一次投票（台北市长高玉树）、响尾蛇飞弹、"现代主义派"、雷震案、热门音乐、台湾第一位博士、草山改为阳明山、火烧岛变成绿岛、《绿岛小夜曲》被禁……

回头来看，我只走过台湾五十年代，从 1950 年上初中到高中到大学到教书到当兵到 1962 年出境。我所能回忆台湾的，也只有五十年代，而且只能回忆我的五十年代台湾。

总的来说，尽管我个人在五十年代台湾没有受到多大（但也够了）身心打击，甚至可以说相当碰巧地顺利，而且尽管我在这生命中的宝贵岁月也有我的欢乐和痛苦的情怀，但总的来说，我相当厌烦五十年代台湾。对我来说，整个五十年代台湾是一个窒息的社会，一个君臣父子式社会，一个家长式社会，一个非但不鼓励，反而打击个人自由发展的社会，一个改革前起飞前的社会，一个我要逃离的社会——这就是为什么当我 1962 年 1 月 16 日从松山机场起飞之后，我没有回头再看台北和台湾一眼……

……直到二十二年之后的 1984 年，我离开以后第一次回到台湾。第二天下午，我独自一人（必须独自一人），从东区顺着信义路一直步行到西门町。那一个下午的感受就让我觉得，八十年代的台北虽然不比五十年代台北美，但是八十年代的台湾可要比五十年代台湾具有百倍以上的精力、活力和动力。而我向你们保证，这不是我浪子回头，而是台湾这个"浪子"，不但回头，而且出头。

1993 年

一笔没有还的债

1960 年，我在凤山陆军步兵学校接受预备军官基本训练。六个月之后，成为陆军少尉。离校之前，命令下达，我被分派到外岛金门服役一年。

命令还包括报到日期和前往金门的交通安排，但也只是去左营乘海军船舰。回到台北，我把剩余时间全花在和几个老朋友吃喝玩乐上面。然后，利用空军眷属关系搭了便机飞到岗山空军基地。司令是我二哥生前大队长乌钺，他又派他上有一颗星旗的小吉普送我去左营上船。

离开台北之前，听一位学长的建议，报名了当年高考。这不是考研究院，而是行政主管部门主办，招聘各个部门文职官员的年度考试。唯有参加这种高考，驻防外岛金门的在役军人，才有可能获假回台湾本岛。

在金门接我的是一位上尉，互相介绍之后才知道他是师部汽车连的王连长。他看到有个分到九十二师的预备军官竟然是个五台人。他也是老西儿，几年在金门没见过其他同乡。

我被分到九十二师二七五团第三营第三连第三排，担任排长。我们二七五团的防区不小，沿着金山西岸下湖、溪边一带，和金门厦门之间有座灯塔的北碇。

任务工作不轻，除了夜间巡逻之外，还修建炮阵地，去岸边抢收补给。"八二三"炮战已经过去两年，但仍需在防区内搜捡对岸打过来的宣传弹。

我这才感到幸亏参加"高考"，返台的申请批准直到上船那天下午，师部才一层层转到我手上。那位王连长来接送我上船。我都没想到要换成外出的军装，仍穿着我的战斗服上了船。

回到台北，只是头一天去了考场签名报到，然后就和几个老朋友大吃大喝。

那天在西门町路上，我突然被宪兵拦住，问我为什么穿着战斗服外出。我给他看了我的服役单位和高考许可，说赶着上船，来不及换成外出军服。宪兵叫我白天尽少在公开热闹场所出现。

三天考期一下子就过去了，我又搭了便机飞岗山，结果是基地司令派他的小吉普去上船。

我上船下了舱，看见有个预官少尉半躺在地上。他好像姓孙，有点面熟。他是师长办公室的联络官，我记得他坐在吉普车后座陪师长视察过我们正在忙的炮阵地。他也是回去高考的。

听甲板上水兵说，有个台风会经过台湾海峡，现在还盘旋在菲律宾。船提早开，补给很急，必须在台风来临之前到达金门。

刚出海不久，就感到风力，浪花打到甲板上。水兵叫我不要上甲板，我下舱问他什么时候吃饭，他说没有东西给你们搭便船的吃。

我和孙变成运往金门的另外两件补给品。好在中午在台北都吃得很饱，也就这样睡了。天快亮的时候，感觉到海面上风大雨大，可是又发现我们的船已靠上码头，这才得知这不是金门，是澎湖。

外面风雨都小了许多，大概是台风眼吧。我们二人乘机上岸找东西吃，大部分店都关门，倒是有家小吃店半开着门。进去之前，孙突然问我身上有多少钱，说他这几天在台北，钱用光了。我掏出来一数，不到三十台币。

我们在小吃店门口，他问我澎湖有没有认识的人。我告诉他我们排里的炊事兵是这里的渔民，即使知道他家在哪里，也不好去我排里士兵家借钱。

可我又在想，澎湖中学会有上届师大毕业生，就叫他跟我走。

我们二人的军服都湿透了。学校紧闭，只有个门房，我自我介绍，想查看一下教职员名单，说来看一位校友。我查了名单，指着一个名字问，多久来的？他说才来了几个月。人在哪里？他说在医院开刀。我记住那个教历史的校友的名字，再照他的指引，走到医院。

护士带我们去了病房，说病人在左边最后一张床。我叫孙在门外等，我走到那个校友的病床，见了面，有点面熟。几年同学，总在走廊上碰过几次。

校友看到我，又兴奋又惊讶。我看他这个样子，觉得最好直接说明来找他的原因。

我说高考之后回金门的船，因为台风靠在澎湖。告诉他我身上只剩下二十几块台币，船上不负责供饭，我已经一天半没吃东西了。

他立刻从枕头下取出一个信封，这是上个月的薪水，你先拿去用。

我收了钱说谢谢你，等我到了金门，会去邮局给你汇款。

我们的船在澎湖前后停了三天，我和孙都可以随时上岸找东西吃。

回到金门之后，工作很忙，主要是要去岸边船上卸货。这几天的补给品都是一袋袋的面粉和水泥，搞得满舱都是粉末，我忙得连去老金门邮局汇钱都抽不出时间。

更糟糕的是，我突然又接到团部的命令，派我这一排去接防北碇。

北碇是个小岛，在金门和厦门之间，这是金门防区的最前线，没草没树，整个岛是一大块岩石。圆周八百米，涨潮六百。上面有座当年英国人建的灯塔，早已在"八二三"炮战期间炸毁。现在这座是重建的，完全自动，每三个月有个人上岛检查。

我去接防的第三排现在是个加强排，有座炮，另外还有个副营长和指导员。但副营长只有在作战时才指挥，指导员是营干部，只负责指导。我，一个预官少尉排长，竟然成为北碇岛主。反正，在北碇这半年，除了日落到日出，每二十分钟派士兵巡逻一周之外，无事可做。

我排的炊事兵是澎湖渔民，他自制了一副潜水镜，天气好就下海抓几条小龙虾。可是每当金门渔船出海作业，经过北碇的时候，排副就拿起步枪，向几艘渔船上空放一两枪。我问他干什么，他说你等着瞧吧。

黄昏时刻，一艘艘渔船返回金门，会有几艘靠近北碇，送来好几条大黄鱼。

我跟排副说，你这是在敲诈。他说不是，是警告。北碇是最前线，越过我们就有投靠大陆的嫌疑，我们可以将他击沉。他们也知道，送黄鱼是人情。

就这样，半年过去了，北碇又换防。回到连部，又收到通知，我的服役期满。直到此刻，我才发现我还没有去邮局汇那笔钱。

回到台北，老朋友一个个招待我，同时我还在准备次年去美国，我又忙得忘记去邮局汇款。

这么多年下来，这件事一直挂在我心头。我不是没有其他遗憾和懊悔，我想是一笔没有还的债之外，借口探病更是一种欺骗。

钱的数目并非主因。六十年代，台湾中学老师的待遇很差，好像不到一千台币，合当时美元不过二十几块。我单身，吃住在家，这笔钱算是我的零用钱，大部分老师都住在教职员宿舍，包伙吃饭，大致可以应付。可是有家室的老师，单靠这点薪水，实在难以想象他们怎么过日子。

我想很多人都会有些人生遗憾和懊悔，不是多重要的的话，多半经过岁月的清洗而渐渐消失。那我借口探病借钱，尽管数目不大，但总有连欺带骗的味道。我想这多半是我的懊悔，久而久之，变成了一个内疚。七十年下来，一直令我良心不安的内疚。

现在这位澎湖历史老师的名字也早就忘了，他人在哪里，更无从找起。这里写的是我一段往事，也是我的忏悔。

那年秋天我在溪边

1960 年秋，我被分到驻金门的九十二师二七五团第三营第三连第三排，担任排长。我那排驻扎在溪边和下湖沿岸一带，正对着厦门。

那时"八二三"炮战已停止了两年。对岸现在是隔日炮击，但也只是宣传弹，而且事先还通知金门守军炮弹会落在哪一带。

因此，我们除了修建炮阵地、抢运台湾本岛送来的补给品、夜间巡逻之外，还要去捡对岸射过来的宣传弹。

我这个排，只有一座异常简陋的兵房。身为少尉排长，我就睡在溪边一座老破关帝庙，半个庙已被打垮。我找了一个还有屋顶的下面，睡行军床，只有一个传令兵也睡在那里，打地铺，倒是不错，他一早去水井替排长打水洗漱。

我们师部汽车连的王连长是山西人。他在分派到九十二师的几个预备军官名单上，发现有我这个老西儿。一个星期天下午，他开着小吉普来找我，说带我去老金门市，有面，还有炸八块。

这还是我来到溪边第一次外出。王连长不久就开上了一条笔直的公路，他说你猜这是条什么公路，我只能摇头。他说这是一条备用的飞机跑道，金门机场如果炸毁，台湾本岛来的补给飞机就可以用这条公路降落起飞。这就是为什么公路两旁都离路比较远。

我们叫了面，炸鸡，的确刚好八块。回程路上，我问他哪里可以洗热水澡，他说你们下隔壁村子里有个澡堂，要走一阵，可是你不必去，到我们师部宿舍去洗澡。

就这样，他每隔一阵就先带我去师部洗澡，完后去老金门大吃一顿。有天吃完饭，他带我去看一个所在，说是和老金门一样老。他说是十九世纪那些东南亚华侨，赚了点钱，来这里置的房产，为他们退休回来养老。

一个不大的场地，有十几幢早已破旧的花园洋房。很像好莱坞电影那些英国、荷兰、法国殖民者当年在印度、越南、马来西亚、印度尼西亚等地，为殖民官员盖的两层楼房，非常凄凉。

王连长在那条笔直的跑道公路上教会了我开车。他不抽烟，把每月分派的几条香烟也送给了我。

台湾当局的政策显然是为了自己，而不顾当地人的生活习惯。金门人大半都是当年福建过来的，习惯吃米饭，可是当局把金门的稻米送去了台湾本岛，拨过来是白面粉，而且是美援的面粉。没有多久，我看到当地人洗的衣服，不少汗背心和内裤上都有英文字。

溪边村里有个小饭店，也只能卖面。有回我用好几条手绢包了米饭，跑去和老板交换，他很高兴，给我弄了一碗肉汤面，外加一片炸肉排，他坚持不收我的钱。第二次去，我说你是做生意的，不能这样随便大方，我于是就照付我该付的。就这样，经常在就寝之前，我带上几包米饭，去吃一碗排骨面。

有天一大早，突然给关帝庙前几十个人给吵醒，说是关公的生日还是忌日。反正，个把钟头之后，这屋人就在庙前跪拜，一个中年人，说是附身，但不知是关公还是什么人，又哭又喃喃有词，口吐着白沫，在地上打滚，四周不少人也在跪拜。

部队的早饭我最喜欢。一个馒头，一碟花生和咸菜，粥随你喝几碗。

有天，连长传令兵叫我去见他，连长说师部有个指示，要我告诉从日落到日出在海岸巡逻的士兵，他们的巡逻范围还包括我排看守的两个美国情报人员的碉堡。

这两个美国人，是中央情报局派到金门监听大陆部队调动情况的，连长叫我不要去打听他们的事，更不能透露我们部队的情况。

之后没多久，他们发现我说英语，有时会请我去那里看场电影，多半是西部片，也有喜闹剧，有时请我喝啤酒。我第一次去的时候，发现他们工作和住的碉堡竟然有冷暖气，还有电冰箱，当然还有各式各样的窃听录音机器。

这是 1960 年 11 月，美国总统大选，肯尼迪对尼克松。选举结果出来之后，"金防部"有一车一连人前来致贺，尤其是台湾支持共和党的尼克松，现在民主党的肯尼迪进了白宫，"金防部"立刻前来示好。

美国大选之后，有天半夜，连长把我摇醒，叫我立刻穿好衣服，带上卡赛枪，上刺刀，在庙前集合，出去才发现，我们整个连全在。官兵都带着上刺刀的步枪。

连长说去抓一个逃兵。现在宪兵已经把他围困在我们防守的溪边海岸，他手上只有一把刺刀，可是还怕他跑，团长才派我们这个连在外围看守。

我们立刻出发。我在路上就想，金门是个岛，他能跑去哪里，难道游海去投靠大陆。

没十分钟我们就到了海边。沙滩上有两部吉普，亮着灯，照在那个逃兵和旁边两个宪兵身上。我们趴在一个小坡后面，逃兵光着上半身，刺刀顶在小肚上，一动不动。

这样坚持了一阵，宪兵叫他把刺刀丢在地上，他没动。宪兵握着手枪逼近，逃兵也不说话，用力把刺刀插进小肚，再又像切腹那样切他小肚，但刺刀的刃不够利，逃兵就拔出刀，又刺了两三刀，他倒下，宪兵上前用手枪朝他头上开了几枪。

一直到王连长带我去老金门的路上，他才告诉我这个"逃兵"的故事。他是嘉义一个流氓，十三岁就杀了一个人，本来应该死刑，可是法院看他才十三岁，就判他有期徒刑十年。出狱之后，他还是兵役年龄，立刻入伍，成为二等兵。

可是台湾各个部队，都知道有这么一个甲级流氓，坐过牢，都不收他，军方只好把他硬塞到金门的九十二师，师长也头痛，为了看住他，就派他为师部做守卫。

他这次逃，是为了在军中乐园抢一个营妓，将另一个士兵打到重伤。军事审判之后，他又给送去坐牢，这次从军牢逃出，不但打伤了一个守卫，还抢了守卫的刺刀。

因为他跑到我们溪边海岸，虽有宪兵追捕，师长还下令给我们营，叫防守溪边和下湖的部队协助。王连长说，这就是为什么派了你这一排去岸边包围。

尾声，八十年代中，中国国家环境保护局局长曲格平应美国环境保护委员会之邀，前来访问，我和他认识很久，七十年代中，我在东非内罗毕的联合国环境规划署任职期间，曲格平担任中国常驻规划署的代表。这次他来纽约，我约他到我家吃饭，他说好，只是领馆派给他的车有个驾驶员，曲不好意思让他在外面车上等，说可不可以请他一起来吃，我说当然可以。

饭后，我们围桌聊天，最后话题转到那个驾驶员，我问他来纽约多久了，他说三年。你是外交部派来的？是。在外交部几年？五年多。之前呢？之前在部队。在部队多久？近二十年。

我说在预备军官服役的时候……他问什么是预备军官，我说在台湾的大学毕业之后，要服一年半的兵役，之后才能去考研究院或是出国。我接着说，在服役期间，从 1960 年到 1961 年，我被分到金门。问他那个期间在哪里，他说那就在你对面的厦门，从 1959 年到 1963 年。

我当时心中有点莫名复杂，有点宿命。他问我在哪一带驻防，我说在溪边和下湖一带，也派去北碇半岛。

他看着我，沉默了几秒钟，然后说，那你是国民党陆军九十二师二七五团的吧！

我呆了一下，想不出一句话来接下去。曲格平也惊讶，也没说话。

可是他这句话，像是给那年秋天我在溪边的故事，打了一个惊叹号！

金门与我

对我来说，1991 年的一件大事——也是乐事——就是战地金门决定开放为观光区。

我和金门大概有缘。"八二三"炮战的时候，我以毛头记者的身份，前往战地，差点葬身料罗湾。大学毕业之后，全班又只有我一个人被分到金门服役。

1958 年暑假，我正介乎师大英语系大三和大四之间，正在无忧无愁地每天享受那五十年代台北市年轻人所能享受的一切，我收到我的一个好朋友、北京美国学校小学同班、台北美国学校初中同班、当时正就读东吴大学法学院的刘岩的一个电话，问我有没有兴趣去考他已开始兼职的"中国广播公司"海外部英语组的播音。有几个人应考我不记得了，但只录取了我一个人。

中广海外部英语组设在新公园总部（大陆部在信义路，很神秘）。我们一共四人，组长先是熊玠，但他不久即出国，继任是我家世交、朝鲜战争期间当过美军翻译的刘光华。余下三位播音员就是刘岩、台大外文系的Sammy（抱歉我忘记他的姓名了）和刚进去的我。我们四人与中广其他节目主持人和记者共享二楼一间大办公室。令我紧张兴奋的是，他们都是大明星：王玫、白茜如、崔小萍、王大空、洪敬曾、乐林、丁炳遂、周金钊、潘启元等等。英语组每晚九点（还是十点？）有三十分钟的英语节目，针对日本、韩国、澳大利亚和新西兰四地。工作很适合我的时间，所以我一直做到师大毕业及在中学任教结束，直到1960年秋去金门当兵。

我刚去中广不到两个月，"八二三"炮战爆发。9月中，海外部英语组分到两个战地采访名额。本来轮不到我，四人之中我的资历第四。但组长刘光华新婚。上面不忍心派他，Sammy主动退出，所以就是刘岩和我了。

我们这个总共有十几二十来人的中外记者团很受"国防部"的重视，尽管我的"中广记者证"连我自己看了都有点不好意思。我们9月20号左右先乘机到高雄，接着在左营登一艘不晓得什么类型的军舰，总之有炮，然后驶往金门。

因为我们是电台的记者，所以带的是两架老式磁带录音机和两条笨重的电池带。我们这两个小毛头记者的计划是实地录音和访问，从金防司令到碉堡里面的二等兵。

现在回想起来，说实话，我当时的确没有考虑到这是真的战役、真的炮弹、真的伤亡，而几乎——我也知道这该打——几乎是以观光游览的心态出这个差。

9月24日晚，军舰已经抵达金门料罗湾，已经可以看见远远前方一片没有任何灯光的陆地，已经可以听见远方的炮声，看见空中的闪光，但是为了安全规定，天明时才登陆。当晚，我们已经写好了几段稿子，讲述到那时为止的经过，并录了音。刘岩去找人充电池，我在和几个外国记者喝其中一位随身带的一瓶威士忌。我并没有喝太多，可是台湾海峡风浪之大，不喝酒已经有点晕了。我不记得几点入睡，只记得我突然被刘岩推醒，而且他近乎痛骂似的责备我说，人家都已经上了登陆舰（LST）了，你（指我）还在睡！我们二人急急忙忙又狼狈又紧张地各自提着录音机，围着一带笨重的电池，穿着救生衣，上了甲板。果不其然，最后一艘登陆舰，在隆隆炮声之下，正隆隆自母舰下降至海面。我们目击它运载着六七名记者，脱离母舰，乘风破浪地驶往金门岛。我第一次尝到了所谓的"错过最后一班船"的味道。但更羞辱的一笔是，一名海军人员对我大声喊："没有钢盔，不准上甲板！"我们二人简直像小偷似的溜回了舱位。

我们几乎立刻返航回左营，而且我完全不记得走了几天几夜，可是军舰一停靠，我们每个人都立刻感到发生了非常严重的事件。码头上一群显然已等候很久的官兵立刻登舰，立刻召集所有剩下来的记者（乘登陆舰去金门纯属自愿，军方派守兵，包括我们两个没有赶上船的，好像只有七八位），仔细查对和记录我们的姓名、单位和证件。我们提出的任何询问都得不到答复。直到我们被带领到一间简报室，才有一位陆军校级军官告诉我们，一艘登陆舰，可能是最后下船的那艘，已失踪两天两夜。而且直到我们回到台北之后才得知，就是那最后一艘中弹倾覆，六人身亡（其中一名日人、一名韩人，余下四人是《征信新闻》《中华日报》《新生报》的记者和一名摄影），一人在金门湾漂流了十八小时后被救起，好像只有驾舰的两名陆战队士兵安全游泳登陆上岸。

这是一个非常痛苦而恐怖的回忆，尽管我个人安全地回到家中。我从其中得到的教训是，不具备所需认知和能力技术的工作，上面派你是上面的错，自告奋勇是个人的错。1958年，金门遭受到史无前例的炮击，而我，我失去的只不过是我的天真。但这是我的洗礼！

师大毕业之后，为了保证能留在台北，不被分到乡下去任教（好个师范大学毕业生！），我就私自申请到高中母校强恕中学去任教，而且被接受了。但后来听说，当时全体教员一致反对，反对一个从高一上就两大过两小过留校察看至毕业的张文艺，仅仅四年之后，就回原校去误人子弟（至于我已经被他们误了三年，他们就不去想了）。反正，只有钮长耀校长和教过我一学期英文的钮夫人不反对。因此，突然之间，我从当年一个小太保，而且是经常被揍的那种，变成了许多一起混过的哥们儿的弟弟妹妹的英文老师。

我算是台湾教育改制之后的第一批。例如，我考上强恕高中那一年，正是"救国团"成立的那一年。我考上师大的那一年，又正是台湾五所公立院校第一届联合招生的那一年。我的运气之好，还不止于此。在台中竹子坑接受预备军官第一次暑期训练的时候，刚好赶上"八七"水灾！总而言之，因此，在强恕教满师大规定的一年之后，我就被分到凤山步兵学校接受入伍训练。六个月期满，官拜陆军少尉，同时被分配到金门服役。

预官九期，我们这一大队，虽然有七人分到金门，但只有三人被分到同一个师，九十二师。一位是台大外文系、现任职"贝尔实验室"的黄光明。他的运气不错，担任我们师长的联络官，进出有专车；另一位是东吴大学法学院、现任职"英航"的徐家璧。他的运气也不错，担任我们师的军法官，还有自己的小吉普。而我，大概因为教过书，还有过那么一点点金门战地经验——运气？简直中六合彩了！——我则担任九十二师二七五团第三营第三连第三排少尉排长。想想看，他们只能坐办公桌，而只有我带兵！

在金门服役，只有现在回忆起来才有点美。所有的艰苦、血汗、紧张，就像金门的寒风一样，三十年之后，都没有棱角了，也不刺骨了，无论是我驻扎在下湖的溪边村的一个破关帝庙里，带兵漏夜抢滩，还是修建炮阵地，捡对岸射过来的宣传弹，好像都不那么难受了。至于我这一排的兼差——负责卫守由美国中央情报局两名情报人员主持的窃听站——倒是一件好差事，至少对我这个张排长来说，因为每个星期，只要我有空，他们必定请我去他们碉堡看部好莱坞电影、喝喝啤酒。我们连长警告我不得向他们透露我们的任何情况，因为他们不但公开窃听大陆部队的电讯，还私下收集国民党部队的情报。

服役前半年就这样过去了。苦相当苦，累相当累，但偶尔还有机会和黄光明与徐家璧开他的小吉普去老金门大吃一顿。是在这样一个假日傍晚归营之后，连长转达了上面的一纸命令，使我下半年的服役，少掉了一些苦，少掉了一些累，但却增加了不少恐惧和寂寞。

我们二七五团的防守区相当广，不但包括金门北边一带，还包括金门岛与大陆之间水域中一个小岛，北碇。北碇不但是金门战区最前线，距对岸不到两千米，而且是个要塞，因为上面有座当年英国人建造的灯塔。这个小岛寸草不生，全是岩石，所有饮食用品全由本岛定期补给。小岛真小，落潮圆周八百米，涨潮六百。灯塔的房舍（和里面一架巨型，仍刻有"伯明翰制"的煤炉）已在"八二三"炮战期间炸毁，但灯塔本身仍在运作（或者是炸坏后又修好了），完全自动，有专人定期来检查。在溪边的时候，我不止一个晚上一个人坐在那里呆呆地望着那一闪一闪的浅蓝色灯光。现在，也不必呆呆地望了，也不必浪漫地去幻想了，我将以那个小岛为家。

连长转达的命令是，由我（我的老天，一个预备军官！）率领一个加强排去接换目前看守的那个排。我们都听到传闻，即不久前，对岸几名潜水士兵半夜里摸走了我们岛上几位士兵的头，岛上士气非常低落。好，你可以想象我接到命令之后的士气有多高了。

说实话，我都不记得什么样的配备和人员才构成一个加强排，大概是多了一个重机枪班和一座什么炮吧！反正，我们是由陆战队蛙人负责运送上岛。这些蛙人平常在下湖弹子房，我连看都不敢多看一眼。现在，因为浪大而又没有码头，船无法靠近，他们（感谢他们）真的一个一个将我们整个加强排的官兵扶下船下海，扶着游，再背上岛。

加强排的编制是，我，排副，四个班长及士兵，外加一名副营长和一名连指导员。但副营长只有在实际作战期间才负责指挥，平常不能干涉我的领导，所以什么事也没有，而指导员只能指导（指导什么，当过兵就知道了），不能指挥。因此，整个半年期间，我是北碇岛的实际岛主。

一旦去掉了恐惧心理之后，北碇就算不是天堂，也绝非地狱。事实上，除了没有沙滩之外，我好像在南太平洋小岛上度了六个月的假。想想看，除了日落之后，每二十分钟巡逻全岛一周至日出之外，几乎无事可做，有的话也有排副。不错，没有新鲜肉菜，全是罐头食品，可是金门渔民在归程中，总会送给我们几条黄鱼（坦白地说，这是贿赂，因为北碇是最前哨，越过我岛就有投奔大陆的嫌疑，就有理由将渔船击沉）。此外，我们的炊事兵又是澎湖渔民，自制了一副潜水镜，天气好的时候就下去抓几条小龙虾给我们。平常白天就晒晒太阳、看看书，说实话，我是利用这几个月的时间，看完了《战争与和平》。

在这段时期，唯一值得一提的与潜水士兵无关。这正是美国总统大选年之后。金门马祖曾是尼克松和肯尼迪有关台湾安全的辩论主题。我记得有一晚从与本岛的定期无线电联络中得知，第二天将有一个美国访问团来北碰。

老美有的时候非常可爱。一个民间组织（看情况是亲共和党的）在全美各地收集募捐到好几吨的礼物，用来赠送给在金门马祖前哨的战士。第二天上岛的，除了搬运礼物的蛙人之外，只有二人。一个是"金防部"负责接待的一名少校，一个是从美国前来的代表，而且竟然是一位中年妇人。他们虽然只停留了不到一小时，但我的感觉是，大概只有探监比这个更温暖。我收到的是两双袜子，红蓝格子，但指导员后来说这不符合陆军的黑袜规定，叫我退役再穿。

这些零零碎碎的事件，也只有当事人回忆的时候会有点感受，但几年前我遇到一件与金门与我都不无关系的小事，使我感到今天终于将战地金门开放为游地金门，是一个对的，尽管晚了一点的决定。但"晚"还是比"不"要好。

大约六年前，中国国家环境保护局局长曲格平，应美国环保局的邀请，来这里访问。他曾任常驻联合国环境规划署代表，在非洲肯尼亚内罗毕住过几年，和我很熟。他在纽约期间，我请他来我们家吃饭，他说很好，但要求我也同时请此地领馆为他提供的司机，免得他一个人在街上车子里等。

我不记得这位司机的姓名了。但我记得我们吃完了饭，围着桌子喝酒聊天的时候，话题转到了那位司机。他说他在部队里干了六年才转到外交部。我问他在哪里当兵，他说一直在厦门一带，金门对面。我一听一愣，立刻问他大约什么时候。他说大约从五十年代末到六十年代中。我当时的心情很复杂，有点意外，有点惊讶，有点宿命……我告诉他我从 1960 年秋到 1961 年秋，也就在他的对岸金门服役。他也一愣，然后问我在金门哪里。我说先在溪边，后来去了北碇。他看了我几秒钟，想了想，然后慢慢地对我说："那你应该是国民党陆军九十二师二七五团的吧！"我想我也不必形容我当时是如何地震惊了，而我当年还以为下湖苦、溪边累、北碇是度假！

这件小事可能什么也没说明，但也可能说明了一些事，至少说明金门是应该开放为观光区的。而如果你要想得再远一点、再广一点，那我觉得，以我作为预官在金门的经验，整个预备军官制度，甚至于整个兵役制度，也都可以考虑取消了。我不抱怨我在服役上所付出的时间代价。但今天的金门不是三十几年前的金门，今天的

110

台湾更不是三十几年前的台湾。时代变了，情况变了，谁能够想象庞大的苏联在 1991 年终止存在？谁又能想象昨日之战地金门变成为今日之游地金门？所以硬要今天台湾的年轻人，在生命最具有生命力、创造力、想象力，在生命最可爱的岁月，去服与他日后人生和事业多半完全无关的两年兵役，起码来说也是可惜，更不要提这是一个昂贵无比的社会代价。但是如果真有这么一天的话，那金门和我便更有缘了。

1992 年

太平洋乐园

人一生所遭遇的种种失望之中，从纯粹个人满足的角度来看，恐怕再也没有比没有机会充分发挥个人某种潜力的这一类失望更令人失望了。至于你本来根本不知道你拥有这个潜力，而等到你自己发现或被人发现的时候，机会已过，为时已晚，潜力已不复存在，那只能使你失望之余更加沮丧和痛心。这个你一辈子也无从知晓的谜，真要说起来，比到底有没有天堂地狱还要更令你烦心。天堂地狱毕竟是身后之事。

我知道，因为大约二十二个夏天以前的一个暑假，在圣莫尼卡的太平洋乐园（Pacific Ocean Park），一位职业训练家告诉我，如果我当时不是已在念研究院，而是仍在上中学，那根据他的观察，我有上好的潜力，因而真有可能，成为一个一流的骑师。

那是我从台湾来美留学的第二年，半工半读的工也已经打了好几个，可在经历了一两家中餐馆之后，我发誓绝不再给中国人做事。所以当我的一个美国同学介绍我去太平洋乐园找份暑期工的时候，我记得我好像第二天就去了。

太平洋乐园，像迪士尼乐园一样，是一个游乐场，只不过规模小得多，更接近美国乡下传统的集市。这类游乐场所必备的各种飞车，什么恐怖洞、爱情洞等等它当然都有。它的摩天轮，虽然没有纽约康尼岛的盛名，但在当时也算是美国有名的之一。你上去的时候还不大觉得，可是一连几次，一次比一次陡的下降，因为就在太平洋的海滩上，你真以为你和整个列车就要几乎笔直地冲进深蓝色的海水中去。太平洋乐园虽然比不上迪士尼乐园之庞大，也没有它出名，可是玩起来一样好玩，不仅便宜得多，而且方便，就在洛杉矶的圣莫尼卡，旁边就是海滩，只要你入场的时候请收票人在你手背盖上只有他的一种灯可以照出的水印，你就可以随时进进出出，游游泳，晒晒太阳，逛逛乐园，有一天玩一天，有半天玩半天，而且就算你只有一小时，你也可以乘一次摩天轮来刺激一下，或者是看一场表演。

接受我申请表的那位中年女士说我来得有点晚了，好的（指工资高）、轻松（事情不多）、有意思的（有机会多接触男孩女孩）职位都已经填满。不过，她还是让我上海洋马戏班去试试。虽然我一来美国就因为离校园比较近而住在这一带，并且也来玩过一两次，可是不知道为什么，就从来没有看过它的海洋马戏班表演。在我走出人事室去海洋马戏班的途中，我想这肯定不会是什么好差事，多半是喂鱼、洗鱼池之类又脏又臭的工作。

我第一个惊讶的是海洋马戏班的规模。一个可以容纳至少五百人的看台，一个相当职业的舞台，和只有这种演出才会有的两个圆形大池塘，位于舞台前的左右两方。大概是我一离开人事室，那位女士就打电话给海洋马戏班，所以我才进大门，就有一个人上来向我招手。他大约四十岁，六英尺高，算是比较瘦，但相当结实，短短的金发，浅蓝的眼珠。从他白色无袖 T 恤、白短裤、白帆布鞋露出来的手臂、大腿和小腿，可以看出他大概每天都晒太阳，但不是日光浴那样晒法，而是要在大太阳下干活儿那样给晒出来的咖啡色。他说他叫杰克，正在等我。

杰克只和我谈了差不多半小时，介绍了一下海洋马戏班搞的是些什么玩意儿。整个这段时间，他除了要我保证做满三个月之外，唯一要我示范给他看的是将搁置在台左的一根大约十五英尺长、一英尺宽、一英尺高的铁轨形钢条提起来，在台上走半圈。钢条倒是挺重的，总有一百多磅。好在不必举上去，只要以两臂垂直的高度提起来就可以了，而且因为它是工字形，也好下手抓。完了以后，杰克就当场雇了我做他的助手。

这个时候我倒是有点犹豫了。完全出乎我意料的是，不用喂鱼，也不用清洗那两个大鱼池，需要我做的是，也就是说，我要赚点钱的暑假工是：上台表演。当然，上台表演有点夸大其词。

杰克是个职业教练、专业驯兽家。水里游的，地上跑的，四只脚的，两只脚的，他全能训练。他本来在西岸北部一个动物园做事，直到六十年代初才自己组织了一家驯兽所——从狗、马、象、豹、虎、狮到大鲸鱼、小鲸鱼、大鲨鱼，他全训练过。他还经常出海为各个动物园捕捉鲸鱼或鲨鱼。他也训练其他驯兽人，到现在还是西部好几家动物园的顾问。太平洋乐园前几年特别请他过来主持海洋马戏班。所以他说他现在有点艺人的味道，但又据他说，这并不是他本人十分喜欢的一个新身份。

海洋马戏班的演出相当丰富，虽然每场才不过四十分钟左右。节目由一个等于是司仪的小丑先上台讲几分钟的笑话开始，然后是一对青年男女的空中飞人表演，下面接着是杰克的两条小鲸鱼（或海豚，porpoise）。这场表演之后算是中场休息，由一直负责伴奏的四人摇滚乐队演奏三支或四支曲子。乐队下台之后才是压轴戏，杰克和他的大象。所以，海洋马戏班的演出，与其说是海洋马戏，不如说是海洋加马戏。

需要我上台（还要穿制服）、用得着我的地方只是杰克负责的两场演出。小丑司仪与我无关，空中飞人也与我无关，摇滚演奏更与我无关。与我有关的只是小鲸鱼和大象。

我去报到的那天早上，虽然还不到十点，可是已经有不少游客了。因为几件简单的手续都早已经办好，所以我就直接去找杰克。入口的地方挂着一个大木牌："海洋马戏班，还有三天开幕。"

我一看就开始紧张，如果不是正在池塘旁边喂小鲸鱼的杰克看到了我，招手叫我过去，我几乎想不干了。

杰克一步步教我，告诉我在演出的过程中，什么时候应该做什么，要我不光是看小鲸鱼或大象的动作和表演，还要随时注意他的动作，一定要算好时间，在他指挥小鲸鱼或大象做某一项表演的时候，为下一个表演做好准备。

小鲸鱼的表演看起来很复杂，其实很简单。它们之所以容易讨好、受人喜欢，是因为，首先，小鲸鱼的确相当聪明，相当能体会到人的意思。"二战"期间，有不少美国飞行员都有过类似的经验，就是当他们掉下海之后，是这些小鲸鱼带领他们，甚至于推着、驮载着他们到最近的海岸。杰克说这绝对是真的。他说小鲸鱼真的有智能，也有它们的语言。他现在正在和一家海洋研究院合作，一起研究我们这个海洋马戏班的两条小鲸鱼在水下如何以声音传达信息和这些声音的意义。他指给我看池塘下面安装的录音设备。

我在这场表演中的工作相当轻松，先将两大桶鱼放在杰克指挥的时候所要站的两个不同的位置。桶里的大鱼小鱼是小鲸鱼完成某个动作之后的奖赏。其他的工作也一样简单，在小鲸鱼表演从水中捡起一顶大草帽之前，将草帽丢到池塘的某个地方（当然要丢得准）。捡救生圈的表演也是一样。另外，在它们要表演跳高、穿铁环、穿火圈之前，我要将架在池塘边上的铁杆和铁环铁圈推到水池上方。除了这些之外，当然还有其他一些把戏，但那些都不需要我做任何事。然后等全部节目表演完毕，我再把所有道具收起来，如此而已。唯一需要记住的是，步骤绝对不能乱，因为杰克是以一个固定程序来训练这两条各个都足有七英尺长的小鲸鱼的。

大象表演基本上也是跟着一套既定的步骤，只不过奖赏它的不是大鱼小鱼，而是杰克事先装在口袋里的花生。大象从后台出来先弯一下腿，等于是鞠躬，然后再分别以三只脚、两只脚，最后以一只脚站立。接着它就走上我已经放好在台中央两侧、直径大约只有两个半英尺、高不到两英尺的圆形木台。大象于是就先后在这一左一右两个小木台上重复它刚才在平地上以四、三、二、一只脚站立的技术。以它一吨半重的体积，当然不容易，可是我却没有任何工夫替它担心，这个时候我要守在大象背后不能太远的地方，因为下一项工作有时效性，一定要在几秒钟之内完成，否则不是命没有了，就是手臂没有了。这个动作是我演出的高潮。

我要在大象刚走下那个圆形木台的时候，立刻将搁置在台左架子上那根钢条，那根我第一次见到杰克时他要我提着走舞台半圈的十五英尺长、一百磅重的工字形钢条，提起来，横架于大象在上面刚表演完毕的两个圆形木台之上。大象这时连头也不回，就一屁股坐在这根钢条的正中间，面向着观众，跷起两条前腿，象鼻朝天地大吼一声。我之所以怕，很简单，是因为这是所有需要我卖力气的工作之中唯一有生命危险的举动。想想看，大象从木台上下来，就算它的动作慢，也用不了十秒钟就可以走到两个木台的中间位置。它被训练得只知道这个时候它应该坐下，至于后面有没有个东西给它坐完全不是它的责任。这个责任是我的，我需要在短短十秒钟之内，两手以相隔大约三英尺的距离，抓住钢条的中间部分，提起来，从台左提到台中央，再将它横架在两个木台之上。再想想看，如果我没有来得及架上去，大象已经朝后面坐了下来，那它坐的不是钢条，而将是我血肉之身。而且就算我及时将钢条架上去了，但没有来得及将两手抽回……压死了固然不是滋味，手臂给压扁了也不见得好多少。每次上台，这是我最紧张的十秒钟，不是怯场的紧张，而是怕死的紧张。这个完了之后，虽然大象还有更精彩的压轴戏，可是对我来说，都是反高潮了。

杰克不止一次告诉我，他非常欣赏我的动作和身体各部分的协调。这大概是为什么在暑假快结束的一个下午，所有表演因为下雨而全部取消，我们师徒二人在他那小办公室喝咖啡，感叹太平洋乐园不久就要给拆除的时候，他突然问我有没有兴趣考虑走职业骑师的路。他说他立刻就可以开始教我，他正在训练几匹纯种赛马，再等我高中一毕业就全时投入练习。经过三个多月的观察，尤其是看我提钢条，他觉得我的臂力、腰力和腿力都应该不错，差不多五英尺十的身高和尤其是才一百二十来磅的体重对做骑师来说更有利，但是要快。他说在还算年轻的时候不及时发挥我这个潜力实在太可惜，我有成为一个一流职业赛马骑师的可能。

短短几分钟的谈话，我从心跳加速到火一般的兴奋，然后就如同让窗外的大雨给一下子浇灭了一样，心中突然感到一阵无比的寒冷和凄凉。当我告诉杰克我已经念了好几年的研究院，已经二十七，而不是十六岁的时候，我才有生以来第一次感到自己老了。我不敢说我从杰克的面部表情上觉察出的是惊讶还是失望，因为他只是用他那一双浅蓝色眼睛盯住我，过了半天才轻轻地吐出一句话："I'll be damned（难以置信）。"

那天晚上我做了一个梦。大象将我两只手臂压碎了。

1986 年

蓝宁

"蓝宁"（Raleigh）是英国名牌自行车。我二哥一个朋友，也是空军，送了给我。

他叫孙永华，飞歼击机。五十年代初，国民党已经撤退到台湾，转战之前，空军派他飞大陆，不知出什么任务。反正，他的飞机被对岸炮火击中，摔机着陆，伤势非常严重。脸部、前胸，都有骨伤。那边送他去了医院，动了不知道多少手术。半年多的治疗，他回台之后，我们都看不出他受过那么严重的伤，还是原来的样子。

出院之后，那边问他愿不愿意留在大陆，他说还是回台湾，那边说可以，但是要花点时间安排。他跟我们说，那边给了他两百美元，先送他去了云南，再安排他去了缅甸，又安排他去了越南，才送他到了香港。这样，他才联络上台湾有关人士，回到台湾。

可是台湾空军因为他被俘虏过，不让再飞行，就改为地勤。后来，他跟着老长官乌钺去了岗山空军基地。离开台北之前，他把蓝宁送了给我。

多亏他在岗山，我服役期间，往返金门台北几次，都是他安排搭的便机。

在外岛金门服役，只有参加行政主管部门主办的高考，才有可能向师部请假，回台一次。这一考试，不是为某一个机关举办，而是为所有部门招聘文职官员。我去金门之前就报了名。考期之前，师部给了我足够的假。

孙永华去左营海军码头接了我，他竟然开了持有一颗星基地司令的吉普车。出码头时，他慢了下来。海军卫兵向我们敬礼，孙说赶快回礼。

孙要先去台中清泉岗基地办事。那是美军在台中附近，为了后来支持越战而建造的飞机场，奇大无比。我们当时就返岗山，搭了一架运输机，空空的机舱，只有我们两个。

到了清泉岗，他先带我去宿舍，说明天飞台北。当晚大约九点，他办完了事，开着小吉普接我去吃宵夜。我觉得奇怪，附近什么馆子也没有，难道去台中。

可是我们没出机场，只开到跑道起飞点。那里有三个摊子，点着煤气灯，一个面摊，一个小炒，一个炖狗肉。我们先吃了碗面，接着去了狗肉摊，叫了瓶金门高粱，两碗狗肉。吃完了，孙问我会不会开车，我说会，我们师部汽车连连长是个老西儿，教了我开小吉普，他让我尝一次以后再也不会有的经验。

我们上了车，他说开吧，这条跑道足够重轰炸机 B-52 起飞，你开多快都可以，只是转弯别太急。我上了挡，踩了油门，一直加速到一百多英里，才慢下来回头。

"华航"成立，刚退休的空军总司令乌钺做了首任董事长，派孙去日本，负责"华航"东京办事处。

他送我的蓝宁，三飞，浅蓝。当时台北好像只有几辆，其他也有人骑英国车，多半是"菲利普"(Phillips)。然后大部分都是日本车，笨重呆板，可是结实。

我在强恕高一期间，有天推着车陪一个姓石的同班回家。在他家门口，我们说了说话，他的一个弟弟来向他借车，听说是在修，就向我借。我有点犹豫。

我的同班不在帮，只是认识不少帮派兄弟。可是他下面两个弟弟，都才十三四岁，不但都在帮，而且混得很厉害。我看了石一眼，他也犹豫了一下，点了点头。我跟他弟弟说，晚饭之前送回我家，他说好。

他不但当晚没还，过了两天也没还。我问石，他很不好意思，说他弟弟和几个哥们儿去泡茶室，找了几个茶女陪，结果身上钱不够，就把蓝宁给抵押了。

我和石去赎，茶室老板娘说那批哥们儿欠了八百多台币。我们吓了一跳，八百？这是当时一般中学老师的月薪，石说他弟弟惹出来的麻烦，他去找钱。

他当了一些东西，去了茶室，老板娘说有人付了钱，取走了车，问是谁，她说是抵押车的一个兄弟，姓蔡。石和我都一惊，知道是蔡冠伦。

姓蔡的当时刚开始打天下，在台北帮派江湖上也有了点名气。我们立刻去找他。

他住在一个二楼房间，我们一进门就看见靠着门旁边的蓝宁。蔡正在桌上磨一把卡赛枪的小刺刀。石说我们来还钱取车，蔡把小刺刀"夺"的一声钉在桌上："两千四，付钱拿车。"

我们只好离开。过了两天，石筹到了两千四，取了蓝宁，送到我家。

今天回想，我算是蔡冠伦闯帮派江湖初期，牛刀小试之下的受害人。

1962年我出国之前，蔡已经有了一帮手下弟兄，在台北江湖上也闯出了"万儿"。后来，石经过洛杉矶来看我，说蔡现在是全台北黑帮老大。

最不可思议的是，我移居纽约之后，在当地中文报上看到一则令我万分惊讶的消息：黑帮老大蔡冠伦竟然和大导演侯孝贤结为姻亲。但不记得是谁家的儿子娶了谁家女儿，也不知道这两位在各自行业享有盛名人士的子女，是否会继承家业。

反正，后来蔡变成了一个合法注册公司董事长，并且兼任不少公司的名誉董事长，成为台北社会上一个名流。

不记得是哪一年，我在纽约中文报上得知他去世，竟然有上千人送葬。

七十年代我来到纽约，我儿子正在联合国的国际学校上中学。有天他跟我说，中国城有一伙华人弟兄，拉他入帮，问我怎么办，我说你功课好坏还在其次，可是绝对不要吸毒，也不要入帮，无论是华人帮派还是美国帮派。

我说完之后突然想起当年上强恕的时候，有国民党、民社党、青年党，都要我加入他们的党，回家问父亲，我爸说，不入党，不信教。现在回想，不知道是时代变了，还是地方变了。以前在台北是我的入党麻烦，现在在纽约是我儿子的入帮问题。

1962 年出国之前，我把蓝宁送给了一个家中老友的儿子，姓李。我后来才听说这小子大学时代就开始混，毕业之后在东门町一带搞了一个帮派。

1984 年我首次回台，去找他，他说他涉及一件案子，在海外躲了五年才敢回台湾。我约他去东门町吃牛肉面，他说好不容易脱帮了，现在东门一带的弟兄，都是他当年的小头头，只要有一个看见他，肯定会邀上几个老哥们儿聚会。他说他不能再扯进去了。我们只好就近吃了碗面。

我问他那个蓝宁现在哪里。他说躲风头时候，他就将它锁在家里，不想给他那些哥们儿，因为他知道早晚还是回台湾，他现在还在骑蓝宁。

后来在纽约，大约十几年前，听说他因病去世，不知道他走之前，又把蓝宁给了谁。

我出国是在台北松山机场搭乘美国西北航空，可是要在东京过夜才能直飞美国。到了东京，我打电话到"华航"，找到孙永华，告诉他我第二天晚上飞加州，他约我第二天吃午饭。

他开车来酒店接我，问我想吃什么。我那个时候没有什么机会在台北吃什么刺身或寿司。倒是怀念当年中华路铁道旁一些小店的日本西洋料理，像煎排骨、土豆沙拉。孙笑了，带我去了家餐厅。饭后，他问我吃什么甜点，我说奶油草莓，我连吃了两客。当晚飞机上，我才发现我们都没有提蓝宁。

八十年代，我每年都会去趟加州的圣荷西，探望母亲。我妈有次问我，记得你二哥的朋友孙永华吗？他来看过我几次。原来他退休之后移民美国。我妈给了我他的地址，就在这不远的帕洛阿尔托，斯坦福大学附近。我去看他，聊了很久，我说你送我的蓝宁，我骑了十年，直到出国。

孙永华送我蓝宁的时候，还很新。我也很注意保养。那辆车，至少在孙和我的手中，都受到很好的照顾。

当然，蓝宁命中也有劫，给那个姓蔡的绑架，敲了我们两千四。

听家中老友的儿子说，他流亡在外五年，也没送给手下的大小流氓，而是锁在他卧室，看来他也照顾得不错。

蓝宁已经有了三个轮回。这几次重生，可以说有凶有吉。这次投胎何处，不得而知，希望能找到一个好人家。

"瓦瓷"和"瓦瓷塔"

"瓦瓷"（Watts）是洛杉矶一个黑人贫民区，就在南加大校园北边。我上高速公路，经常经过"瓦瓷"。有一次，我上错了一条街，可是给我发现一个奇景。

就在一条已经不用的轨道附近，有个小广场，上面……很难说是什么，反正是一组巨型雕塑，总有十层楼高，全连在一起，是件铁质结构，上面镶着一大堆破铜烂铁，一大堆瓶子碎片、瓷片、玻璃片、瓶盖、贝壳和说不出是什么名堂的小东西。

媒体采访过创作者，电视也报道过。他叫萨巴托·罗迪亚

（Sabato Rodia, 1879—1965），意大利移民，没有受过什么教育。他买下这片小广场，在这里，他一个人工作了三十多年，完成了那些雕塑。

我在南加大的时候，凡是有外地朋友，无论是从美国其他城市还是港台来，我都会带他们去参观这组奇特的雕塑。从他们面部表情，很难看出他们心里怎么想。给他们解释了作者作品之后，他们才"哦"了一声。

洛杉矶市政府本来打算拆除这些雕塑，但是先找了当地工程师协会去测验它是否安全，工程师找来一个大机器去拽，听说用了几百上千磅的力量，也没有将它们拽垮。

媒体采访他说，你有没有看过西班牙建筑师高迪的建筑，有点像你的作品。他说没有，也没有去过西班牙，可是，他朋友说，高迪来看过他的那些铁塔。

后来，他这组雕塑，不但被州政府列为加州历史地标（California Historical Landmark），而且还列为国家历史地标（National Historical Landmark）。

可是，他觉得最了不起的是披头士那张大唱片 *Sergeant*

Pepper's Lonely Hearts Club Band 的封面。就在鲍勃·迪伦右边那个人头，就是萨巴托·罗迪亚。

真难想象，一个意大利移民，全凭自己，创造了一组如此奇特的雕塑。不知他是早有预谋，还是想到什么做什么。反正，给他搞出一组作品，就算是他只为了自己，但后人还是得到了什么。总之，一个人一生能创造一组不朽的艺术作品，我们还能说什么。

可是"瓦瓷"还有它丑陋的一面，就是1965年的"瓦瓷暴动"。

我那天下课去看了，通常这类动乱多半是警民冲突引起的，可是这次"瓦瓷暴动"却不是一次孤立事件，而是六十年代黑人民权运动的一部分。

美国六十年代可是一个大动乱时代。肯尼迪总统被杀，"瓦瓷暴动"和黑人民权运动，马丁·路德·金在华盛顿十万人集会时那篇《我有一个梦想》的演讲，加州大学伯克利分校的"自由言论运动"，反越战示威抗议，芝加哥民主党大会，"异疲分子"（Yippie）抬出一头猪作为他们的总统候选人，路德·金被杀，美国国民警卫队枪杀四名反越战的大学生。

我看到这一切，回想我自己，这一生又有什么大事件？不错，童年时期经历了抗战和内战，也经历了五十年代台湾的一党专政，可是那时我还年轻，还不能了解其中含义。直到六十年代初来到加州，经历了美国那阵子的大动乱，我不但见到美国的另一面，还意识到社会上人民的愤怒。

我去看暴动那天，有一两条街有火在烧，还有枪声。我看到不少人在扛东西，什么都有，冷气机、小冰箱、箱子、手提包……这是标准的趁火打劫。还死了好几十人。我开过几条街去上高速公路，一扇门前有个老黑人，问我这个时候，怎么跑到这里，我说要上高速公路，他指路给我。

可是我开了半天也没找到公路入口。好几条街都给封了起来，架上拒马，火还在烧，还有零落的枪声，像是警察在向打劫的人开枪。我绕了半天也没有出"瓦瓷区"，街上没有人，全躲在家里，找不到谁可以问路。

我想，我在洛杉矶也住了好几年了，可是一旦到了一个陌生地区，就会如此。

我又开了几条街，突然看到前面不远的"瓦瓷塔"尖，我很高兴，只要找到那些塔，我就可以找到路。

等我开到那里，发现有两个人。一个背着一支鸟枪。他们问我来做什么，我说迷了路，问他们在做什么，为什么还有枪。

他们说，现在这里还在闹事，这些塔是加州历史地标，又是国家历史地标，他们怕暴动会伤害这些塔，它们虽然不会被拽垮，可是下面放把火就可以把它们烧垮，叫我赶快离开。

我没有上高速公路，开到佩科（Peco）大道，这条大道从市中心，经过我家，一直到圣莫尼卡湾。就这样，我慢慢开回了家。

哥本哈根

七十年代中，我去哥本哈根出差半个多月。

我没有和同事住进他们的酒店。那里游客很多，也很吵。订票的时候，我问旅行社的人，哥本哈根有没有给年轻学生住的那种类似宿舍的简单地方，他给了几个地址，我随便选了一个。

我的房间很简单。一张床，洗手间，书桌，几把椅子。房间正对面是个教堂，有个大钟，每小时会响，几点就敲几次。旁边是个小广场，尽头有个酒吧餐厅。我觉得这太方便了。

我和带队的同事说，让我常做夜班，她很高兴。我不想一早九点就去上班，这样我可以多睡几个小时，下午四点左右才去工作，尽管夜班比较忙，各个委员会的报告、决议草案、预算等等，都是各个委员会写好了之后下班，交给各语言组去翻译。

有的时候，下班比较早，但也是凌晨一点多了，夜班忙的时候，往往三四点才完。可是不论几点回到住处，我都看到小广场尽头那间酒吧，还开着。而且总有一对年轻男女在外边小桌上喝酒。

有天夜班，我去了那个酒吧，点了烤面包和牛油，一杯威士忌加冰，也坐在外边小桌上。我和那对年轻男女点点头，但没说话。

过了好一阵，我告诉他们我就住在小广场对面那个宿舍。我每天晚上下班都看到你们在这里喝酒，你们不上班吗？二人都说不上班。我没有追问，他们却主动说了。

是税的问题。男的是数学教授，女的是医生。二人的收入加起来很可观，可是要扣掉百分之六十到七十的税。他们情愿离职，去领失业救济金，比二人扣掉税之后的收入还高。

我在想，这是社会福利造成的吗？

酒吧正在放一首古典音乐。他们问我是不是游客，我说不是。联合国正在这里举行一个为期两周的会议，我是来出差。他们说那你是从纽约来的，我说是。然后二人大骂美国，说没有文化，搞什么摇滚乐。我没作声。美国和摇滚也不需要我来为它们辩护。就这样，喝完了酒，我就告辞。

会议开了一半的时候，丹麦外交部为联合国来这里开会的工作人员，开了一个很大的派对。就在城内一个古老的游乐场，蒂沃利花园（Tivoli Gardens）。

这个游乐场我不清楚，可是 Tivoli 这个名字我有印象。刚到美国的时候，我住在西洛杉矶之旁的圣莫尼卡一条街。街口有个电影院，就叫作 Tivoli，专门放映首轮戏院刚演过的欧洲和美国电影。我看了不少，票价晚八点以后是一美元看两场，十点以后是五毛。

是在这里，我才看到一些五十年代欧美名作。*400 Blows*（《四百击》），*Breathless*（《筋疲力尽》），*Virgin Spring*（《处女泉》），*The Seventh Seal*（《第七封印》），*Bicycle Thieves*（《偷自行车的人》），等等，每次看完，我都在想港台电影。

台湾当时一直在拍琼瑶小说，一部接一部。要么就是音乐剧，只有唱，没有跳。香港也一直在拍二流三流武打片和一些音乐剧。我在想，港台搞电影的人不看欧洲电影吗？难道不知道欧美电影已经拍了这种作品了？

有天晚上，戏院只有我一个人。电影刚开始，放映师在上面叫我说，老兄，就你一个人，我们都早点回家吧。在门口，他还了我那五毛。

1843 年建成的蒂沃利花园就在市中心，占地不小。丹麦政府为我们准备的盘餐也很丰富。蒂沃利还有各种音乐会，有古典，军乐团，供成年游客跳舞的音乐和年轻人的摇滚，还有个别餐厅酒吧。

我问当地征聘的同事，怎么这里会有这样一个游乐场，而且免费游玩。他说十九世纪上半叶，一位军官看到欧洲几个大城在十九世纪三十年代的动乱，就建议国王建立蒂沃利游乐场，以发泄人们的情绪。果然，欧洲各地的抗议罢工没有波及丹麦。

有天早上，我上街去逛，叫了部出租车，去湖边看那个美人鱼。

我站在雕像旁边，另外有几个游客在拍照。美人鱼并不大，但坐姿很美。不知是谁设计的，好像全球都知道哥本哈根一个湖边有这么一座美人鱼铜像。

我接着又继续闲逛，没走多久，突然看见一家中国饭馆。我进去，大概午餐时间已过，只剩一桌老夫妻。我点了一客炒面。还可以。一个年轻人见我像是个中国人，就过来说话。他说你不像是游客。我说不是，联合国一个专门组织正在这里开会，我来工作。

我问他来哥本哈根多久了，他说快两年了，是从香港移民来的。他说，一直以为香港医疗服务很好，可是丹麦又是一回事。

他说去年他太太在哥本哈根医院生小孩。一切免费不说，回到家中，接生的护士每个星期都会来看他们，身穿便服，像是朋友一样，还总会带些小礼物给母亲或婴儿。同时讲一些新妈妈如何以母乳喂养，还说去买哪种溺布，如何包。

我打了个电话给一个英国朋友。他常住瑞典哥德堡（Göteborg），"哥德堡"是一个二手货船交易中心，他为亚洲特别是东南亚一些货运公司接洽买二手货船。但二手货船究竟不是二手货车，动不动就是好几百万美元。想来他的手续费也很可观。

我告诉这位英国朋友，我现在哥本哈根，去瑞典和你见个面，不在那里过夜。难得我在北欧，这次不见，不知什么时候还会再来。我说见他一下就直飞纽约。他下午来机场接我，带我在市区逛了一下就去吃饭。

饭后取车的时候，他说，你能想象北欧的民主社会主义福利是怎么回事吗？我摇头。他指着他的车说，这个停车场是政府的，如果取车发现车后面的灯给撞坏了，对方没有留姓名、电话、保险公司的话，是瑞典政府出钱为你修好。

在回纽约的飞机上，我想，这次去哥本哈根出差，可让我看到了一些基本的社会福利。当然，美国也有一些基本的社会福利，像医疗保险、社会安全福利，可是比不上北欧国家。人家是一套相当完整的经济社会政策，而美国在任者就指控它们在走社会主义路线。

至于哥本哈根那对教授医生夫妇，占尽了好处，还欺骗政府。我想政府的任何政策，都会出现走漏洞的投机者。这像是中国那句话，道高一尺，魔高一丈。

巴基斯坦两天半

1974年，我去东非肯尼亚内罗毕出差，为那里刚成立的联合国环境规划署工作了两个星期。

离开纽约之前，我和太太约好事后在香港会合，再和联合国其他几位同事一起去大陆参观。那是"文革"末期，外交部特许入境，由新华社、统战部招待。

我去见联合国办理旅行事项的托马斯·库克（Thomas Cook）。他看我要跑这么多地方，等于绕世界一圈，就建议我搭乘泛美航空公司的环球航班。这一阵，报纸杂志电视上有很多泛美广告："享乐今天，明天会更贵。"

我于是就订了环球一周的机票，搭乘有名的泛美001号。这班航机由纽约向东飞，绕世界一圈。泛美002号则往西飞，每天各一班。乘客沿途可随时下机，但须先订好下一程的座位。

会议结束第二天，我就搭了泛美001号，第一站是印度洋中的塞舌尔岛。飞机要停一小时，我乘便出了机场，叫了出租车，告诉司机绕着岛开上四十分钟回机场。

塞舌尔很小，四十分钟几乎绕了一圈。上机后，直飞巴基斯坦，在卡拉奇下机，叫了一辆出租车。

在车上，我问司机每天可以收入多少钱，他说了一个数目，大约合美元十几块。我告诉他我会住两天半，叫他不必再等客人叫车，全陪我，每天三十美元。他很高兴。我叫他先带我去一家比较可靠的旅店。

他想了想，说有个朋友在一家很有名的老旅店管事，我说那就去那里吧，他又说旅店正在整修。我说无所谓，有热水就行。

到了旅店，我发现是一座庞然大物，一个有点像是古堡的三层楼房，除了大厅有灯光之外，全是乌黑。他说这是近百年来卡拉奇最豪华的酒店，接待过不少国家领袖。他下来，取出我的行李，进了大门。他的朋友上来招呼，带我去了一个房间。

我吓了一跳。那个房间足有排球场那么大，那么宽敞。一组皮沙发，办公桌，一张可以躺上三个人的大床，一个和人一样高的大理石壁炉。他的朋友说，三十年代，丘吉尔来印度访问，曾在这里小停，就睡在这间房。他过去点燃了壁炉，没多久，三条树干开始燃烧了。

我问他酒吧在哪里，他说关了。餐厅？也关了。但他很快补上一句，对街就有个美国大酒店，可以去那里吃喝。我想，也只有这样了。

我收拾了一下行李，提了背包，就去了对街酒店的酒吧。有些客人。我点了威士忌加冰，配酒的问我是不是这里的客人，我说不是，我住在对面。对面？他先惊讶，然后笑出了声说，对面那幢老旅店下星期就要拆了。我也惊讶。他问我要不要搬过来，我说不必了，我只住两晚，后天飞香港。

我喝了两杯，临走请他找个空瓶，给我倒上半品脱的威士忌，说上床之前喝。

我叫出租车司机第二天早上十点来。我第二天先去对街酒店吃早饭，回来发现出租车已经在等我了。

我取了背包上车，请他先绕一下卡拉奇，再出城看看。

在城里绕的时候，司机每隔一阵就去打个电话。回来上车，我闻到一点大麻的味儿，这小子，打个屁电话，进去抽大麻去了。

出城逛，比城里好看多了。青山绿水，路上没什么人，偶尔经过几个人骑着毛驴。他开了一会儿，我看见前面有座破庙，就叫他把车停在那儿说，我下车去看看，陪你抽支烟。他笑了。

我说这一带也没电话，你就在庙前抽你的大麻。就这样，他抽他的大麻，我抽我的香烟，抽完了他问我要不要带件小东西回美国，我说什么小东西，他没说话，爬上庙，揭了一片瓦给我。我说这是你们的古迹，怎么随便取片瓦。我没拿，他看了我一眼，顺手就把那片一千多年前的瓦给丢在地上，碎成好几片。

我要他找个当地小馆吃饭。去了一家，不记得他点了什么，我叫了一客咖喱鸡饭，还不错。第二天，我们又在城外逛。这时他也不假装了，就找个安静地方，下车去抽。

第二天，他送我去机场。在路上，他给了我一根像香烟那么长，黑黑的东西，感谢我对他这么好，说他没有什么东西可以送我，这根烟是巴基斯坦最好的大麻。我收下，谢了他，可是不知道应该怎么办。到了机场，他招手叫过来一个十几岁的小子，替我提行李。他帮我把行李放到泛美值机柜台，我一时心中有点不安，就跟泛美的工作人员说，行李先放这里，我要去洗手间，给了那小子一点钱，他走了。

我在洗手间打开背包，取出那根大麻，又取出一管牙膏和瑞士军队那种万能刀。我进了一个马桶屋，那个年代，牙膏是锡皮筒装，可是尾端封得很紧。我就用万能刀附带的小剪刀剪掉一节，挤出一些牙膏，才把那根大麻塞进去，我想即使有警犬，多半也闻不到大麻了。

我出了洗手间，突然看到帮我提行李的小子，向他旁边都背着长枪的一名军人和一名警察伸手指我。他们走过来问我箱子在哪里，我指着泛美。军警二人叫那小子提过来，又叫我打开。我开了箱子，他们一件一件取出来摸，连袜子都翻了开来。我开始紧张，四周已经围了一小圈人在看。箱子查完了，又叫我把背包东西都倒出来，里面除了几件换洗的衣服之外，也就是洗漱用具。他们没有去捏我的牙膏，我放了点心。所有衣服检查完了之后才要我的护照。我给了他们我的中华人民共和国护照，二人脸色吃惊，立刻立正，给我行了一个军礼。

那个军人说："中巴两国是兄弟。"然后连声对不起。最后他说他们得到情报，有个美国嬉皮走私大麻，我们以为是你。然后二人替叠衣服，我说我自己来。

从卡拉奇，我先飞孟买和加尔各答，都没过夜。这两个印度大城，人多杂乱。我在孟买下飞机，看见机场上全是人。我问一个乘客，是不是机上有个重要人物，这么多人来接机。他笑了，说只有机场候机厅有冷气，你进去看看，地上躺着全是人，来此乘凉。我去了酒吧，果然，总有几百上千人。加尔各答也是一样。

接着我去了曼谷，去看我二哥的大女儿艾玲。我是张家第一个去曼谷的长辈，她先生 Uthai 祖籍福建，在泰国已经好几代了，家里很有钱，很热情地招待我。可是最吸引我的是我侄女带我去的一个中国馆子做的鱼翅。一大碗鸡汤鱼翅，真像吃了一碗面，才二十泰币，合一美元。

在飞香港的路上，我第一次在空中看到彩虹。飞机在云层之上，大概是刚下过大雨，现在晴了，这才发现彩虹在空中，没有陆地的干扰，彩虹在空中是一个完整圆形。

在香港机场，港警搜查行李，也只是拍拍衣服，也没有警犬来闻毒品。

联合国几位同事商量好，约定日子在九龙火车站集合，一起进内地。我住定下来，带上背包，去见以前在联合国做事的约克，他在联合国工作没多久就辞职了，回香港中大教书。

到了他家，我取出牙膏里面那根大麻，说这是卡拉奇一个司机送给我的，是巴基斯坦上好的大麻，你不抽，总有朋友抽。他训了我一顿，说真是胡来，给港警发现了，你马上坐牢，联合国都无法帮你。他立刻把那根大麻掰了几段，丢进马桶冲走。

尾声

二十年后，我去牙买加出差，住进一家庄园旅店，也是一人独占整座庄园。1995 年，我在一篇文章《蓝山和咖啡》里说："这是我一生第二次一人独占一家酒店。第一次是 1974 年在巴基斯坦。不过，那是另一个故事了。"现在这里讲的，就是那"另一个故事"。

东非事件

人生旅途上的种种遭遇，不论是主动还是被动，有意还是无意，其中太多的后果不可预料。至于那种经过你善意安排而出现的，其后果也不一定如你所料地发生。在事件正在进行中的时候，大概只有上天才能洞察始末，要不然就是充满自信的年轻人才会认为有绝对的把握。

我这个东非事件的精神包袱已经背了十六年了。当时我虽然早已不年轻，但不幸地仍然带有少许早应失去的天真，而且更不幸地带有年轻人那种盲目的自信。

1975 年，我被调到总部设在东非肯尼亚首都内罗毕的联合国环境规划署。肯尼亚当时是一个新国家，独立才十年，英国殖民味道还相当浓厚。我对这里并不完全陌生，因为上一年我曾在这里出差一个多月，所以这次由我先去，太太和儿子在纽约等我安顿好了再来。

我的运气很好，才住了不到一个月的旅店就找到了房子，一幢欧式花园洋房，有四间卧室、两间厕所，客厅餐厅都有壁炉。

此外，在车房之侧还有一小幢单独的两间用人房。院子足有三英亩。我知道，我完全不需要如此之大、相当奢侈的住宅，但转租给我的是一位斯里兰卡同事，马上要调去曼谷，租约还有两年，我等于是帮了他一个忙。更何况以纽约的房租来看，每月三百美元简直令人难以置信。当然，我也知道，以当地人的生活水平来说，这简直是天文数字。

那位斯里兰卡同事转租给我只有一个条件，就是继续雇用一个年轻黑人——赫特郎。因为，很简单，我不雇他，他就失业。

东非这些新独立的国家，因为遭受多年的殖民统治，对所有受雇于"外国人"家庭的佣工，都有严格的工资规定，以防止再受剥削：雇主负责吃住，每月工资不得少于三十五美元，等等。这个数目在当时要比当地一般劳工的收入好得多。大部分外国人都付五十美元左右。斯里兰卡同事则因一家六口而付七十美元，我也继续如数照付。

赫特郎大约二十六岁。我说大约是因为他母亲早亡，而父亲也不记得他哪年出生，只记得大约十年前行的割礼。他长得相当漂亮，六英尺高，身体坚实，皮肤又黑又光。我一个人很少做饭，所以他只是偶尔洗洗碗，主要是洗衣、洗车和剪草。星期日休假，他就和朋友去看电影、打弹子、喝啤酒。

好像是我搬进来不到两个月的一个星期六下午。我和他在院子里谈话，才发现他已经结婚一年多，但成家不到一个星期就从西肯尼亚来到城里打工。

我隐隐地为他难过。新婚七天就因生活所迫而分离，而且这一年多只回去过一次。我问他为什么不接太太来一起住。赫特郎突然沉默了下来。半天，半天，他才说话。当初他父亲是向他老婆家里保证给两千头牛才结的婚，但是当时他们家只买得起一千五百头，还欠五百头，所以婚是结了，但女方家里没有收到最后五百头牛，不放人。

我真的呆了。我知道我没有资格去批评另一个民族的传统风俗，但我实在感到悲伤。我没有经过三思，就直问赫特郎本人的愿望，要不要接她来——当然要——我说好，你明天或后天，反正尽早，回你家把你父亲接来，我负责路费。我说，我愿意帮你这个忙，替你父亲买这五百头牛，但我必须同你父亲当面谈，而且要得到他的同意。

赫特郎的村子在西肯尼亚，在离乌干达不远的卡卡梅加一带。我一个人开车，半天多一点可到，飞车的话，当天可以来回。但赫特郎要乘长途巴士，一站一站地坐上十几个小时才到。他第三天刚出发，我就开始有点紧张。倒不是钱的问题，肯尼亚乡下的牛对我来说非但不贵，而且太便宜了，大约一美元一头，总共不过五百美元而已。我紧张是因为我开始感到我是在玩弄别人的命运。我有什么权力——除了出得起五百美元之外——来扮演上帝？但这个顾虑只在我脑中一闪而过，而且过了之后反而是兴奋。

他父亲看上去很老，虽然我估计他最多五十五，我首先问他明不明白我们会面谈话的目的。经过翻译之后，他点了点头。为了不发生任何误会起见，我请邻居的用人做见证，又再度重复我所答应做的事，就是，按照他报的数字给他四千肯尼亚先令回去买五百头牛，再接赫特郎的太太来内罗毕。我最后问他，除了这个之外，还有没有其他阻止赫特郎接老婆回家的条件。老头说没有，只是这一件。我于是将事先准备好的现款和一张英文收据给了他。他不会写字，由赫特郎代签，见证也签了。老头两眼湿湿地捧起我的手亲了三下。

我们等了足有一个月才有消息，是一封挂号信，说牛已经送了过去，赫特郎可以回来接太太。我告诉赫特郎回去接之前赶快买好双人床、被单、枕头等等，算是我送他们二人的结婚礼物。

好像是一个星期五，我下班回家的时候，发现大门前站着两个人，赫特郎和一个女孩儿，一个非常漂亮的女孩儿，看上去不到二十岁，身材结实优美。她叫玛丽，可以讲几句简单的英语。我们交谈了一下，她带着笑容但相当正式地谢了我。我舒了一口气，一个多月下来的压力完全消失，剩下的只是无比的轻松和成就感。

第二天一早，主要是为了给他们单独相处的机会，我一个人开去乞力马扎罗山下的"安博塞利野生动物保留地"住了三天两夜。在丛林中、干湖床、半干旱地和大平原上，观望着那成千上万的斑马、羚羊、一对对的长颈鹿、一家家的大象、母狮小狮和独来独往的雄狮，想到其实并不是很久以前，人类就在这一带诞生，来设法把自己还原到现实，就是说，嘿，慢一点，你只不过是此时此刻地球上存在的一个人而已，就算做了一件好事，也只是能力所及的一件事，只不过比顺水人情多五百美元而已。

我星期一傍晚回到内罗毕。在开进我家巷口的时候，发现路上闪着红灯蓝灯，还有两部警车，车旁聚了一小群人。再往前开，才发现他们就在我家大门口，而且是在等我。

赫特郎向一位警官介绍了我之后就不再说话了，只是面色低沉地垂着头。我请警官进屋去谈，他说不必，在院子就可以。他很客气但很官方地问我两个问题。第一个是，赫特郎不久前报警，说他太太玛丽昨晚翻墙逃走，问我知不知情，有何评论。第二个其实不是问题，而是要我立刻进房查看有没有遗失任何财物。

我当时完全糊涂了，在没有回答任何问题，或反问任何问题之前，几乎麻木地进屋巡视了一遍。其实不看我也知道，那么大的一幢房子里，除了我的衣服之外，只有一套音响设备和这几个月买的几十张唱片。我告诉警方说什么也没有遗失。他立刻安心了，脸上有了笑容，然后好像任务已经完成似的向我和赫特郎宣布，玛丽逃走的案件目前没有任何线索，医院也没有此人进住，但他们会去追查。

警察走了之后，赫特郎才在客厅里带着泪水告诉我，玛丽在前一天晚上翻墙出走。他先一个人，后来又约了两个朋友，找了一天一夜，直到今天下午才报警。

我的脑子现在完全空白，根本无法解释，无从想象。我连安慰赫特郎的话都说不出。我半夜躺在床上不断责备自己，怎么如此之天真、如此之盲目、如此之大胆、如此之笨。你对这里的人、这里的事、这里的任何情况一无了解，竟然敢去介入别人的私生活！

第二天下午我在办公室收到楼下联合国警卫的电话，说有一位肯尼亚人要见我，讲了名字，但我完全不知道是谁，不过我还是下去了。

走到面前我才发现是赫特郎的朋友。他曾经来过我家几次，我也曾和他打过招呼。他大概不想警卫听见我们的谈话，就请我走到不远之处的一棵树下。他说他知道玛丽为什么逃跑。他说玛丽有一位从小一起长大的情人，在内罗毕一家车胎厂做工，已经好几年了。她根本不爱赫特郎，根本不认识他，一共只见过三次面，包括结婚在内。可是她那个情人家里更穷，连二十头牛都买不起，别说两千了。我问他赫特郎知不知道这件事。他说知道，只是不肯相信。他请我不要讲出去他来找过我，而且希望我叫赫特郎不要再去找了。他说他知道玛丽利用这次这个机会——意思是说，从天上掉下来一个我——离开家里，而且利用赫特郎来到城里，但来到城里不是为了丈夫赫特郎，而是来找她真正的情人。他最后说他知道玛丽绝不会回来。他离开之前又补充一句：不用找了。

我当天下午提早下班，直接去我们那个区的警察分局找问过我话的那位警官。联合国工作人员的外交身份在这个小分局有相当的效力。值勤的警察，在我前面排队的十几个黑人白人注视之下，亲自引带我去见警官。他正在讲电话，但用手示意，请我坐下。我一路上一直在跟自己辩论，要不要向警官透露我下午得到的消息，直到我坐在他面前，不知道是因为他那一副官僚架势，还是我意外地获得了迟来的智慧，决定还是不讲。

他一挂上电话，没有等我开口，就说谢谢我来，然后很正式地通知我，既然我没有任何财物损失，此案与我无关——我听了心里一寒！——接着他说赫特郎是西部罗族人，和我在内罗毕接触的基库尤族人不一样，然后他非常婉转地建议我这个外国人，用中文最简单的话来说，少管闲事！

刚回到家就收到邻居的电话，请我去他家喝杯酒。邻居是一对德国夫妇，有两个小孩儿，我们从来没有交往过，只是在我搬来的时候，他们表示欢迎。

男主人等到他的用人、我的见证，放下威士忌和冰块，离开房间，而且关上门之后，才对我说，他的用人已经将事件的经过讲给他听了。他现在有几个问题请我考虑：第一，你如何证明那位老先生是赫特郎的父亲？第二，有没有结婚证书，或任何其他证件，表示玛丽确实是赫特郎的太太？第三，假设玛丽是真的玛丽，又有什么证据说明她是逃跑？

当然，三个问题不需要考虑，至少事件发展至今不需要考虑就知道，第一，无法证明；第二，没有证件；第三，没有证据。我这个时候虽然喝了两杯酒，但感到更清醒了。我心里在想，幸好没有一时冲动，将五百头牛的事情，还有将玛丽情人的事情，告诉那位警官，已经对罗族人没有好感的警官，处理这样一个没有线索的案件，我很可能会替他找到一个动机——欺诈，而将赫特郎逮捕，而且在关上三个月半年之后，清白的赫特郎也只好认罪了。

男主人在送我出门的时候给了我一个忠告。他说他在非洲前前后后一共九年，最后三年在肯尼亚。他说他对黑人的态度是平等相待，但他绝不会把他们当作失踪多年的兄弟。

我不忍心去问赫特郎究竟玛丽是不是有一位情人，也不忍心去问他究竟那位老先生是不是他的父亲。之后一个多星期，我只是问他有没有任何新消息，再没有多久，谁也不想再提了。直到我三年后离开非洲，我和赫特郎都再也没有提起玛丽这个名字。

但十六年下来，我这个东非事件的精神包袱却摆脱不掉。有时候，我现实的一面告诉我，你太急于拥抱你以为的失踪多年的兄弟了。但又有时候，我浪漫的一面又告诉我，你可能牺牲了赫特郎，可是玛丽却因此而终于找到了她真正的情人。

东非事件就像我十六年前抛出去的一个球一样，问题是，这个球到现在还没有落地。

1991 年

那年东非夏夜

1975 年 9 月下旬一个星期六午后，我驾车出了内罗毕。

当时也不知道为什么，我突然想前往心心念念要去巡游
（safari）的安博塞利野生动物保留地——那个足有八万平方公里、
跨越肯尼亚和坦桑尼亚的野生动物保留地。

我逛了足有三个多小时，太阳开始西下，准备回城。在半干旱
草原上行驶了一阵，没找到路，却开进了一片树林。

天渐渐暗了，我查看地图。就在此刻，一阵极不寻常的沉重
步声传了过来。我从车内看到，右边一群大象正在不远处经过我车

旁，稳稳慢步行走。

十分钟过去了，仍未走完。突然，一头极其高大恐怖的雄象，走到距我车不到十米的所在，站住，翻起象鼻，扇动两片大耳，轮流跺着前脚，高吼一声两声。

我开始紧张，象群仍在慢步前行，它也仍在原地盯着我，但没有任何攻击性动作。我这才想到她是群象的守卫，再又想到象是食草动物，我稍为安了一点心，但还是紧张，它不会吃我，可是足有两吨多的大象可以踩死我。

在林中僵持了两三个小时，这群足有三四万头的大象小象行列，才终于走过了我而离去。这头尽职尽责的守卫，轻吼一声，也转身去尾随前面的象群。

我这才敢点了支烟定神，折回头，在公路边找到一家加油站，并把车停在后面场地，在车上睡了一夜。

就这样，我在人类始祖在这一带开始站立行走的东非半干旱地上的一个夏夜，过了我的三十九岁生日。

五台山上，五台山下

祖籍山西五台，可是生长在北平的我，除了九年前游览过大同云冈石窟以外，从未去过家乡。去年夏天（1986），奉我住在加州的老母之命，去看了一次五台老家。结果发现，金岗库村和父母描写的几乎一模一样，还有，我连一句五台话也听不懂。

我们早上八点多离开太原。毛参谋开车，我坐在他旁边。后面是我太太和小李，一位年轻漂亮的女导游。汽车是部全新的苏联房车（用粮食换来的），可是仪表板上的手套柜的门已经关不紧了，车尾的信号灯也不灵。本来我打算直奔我的老家，山西省五台县金岗库村，但是接待我们的朋友建议最好先上五台山去游览几天，一方面有新公路，由太原直达五台山，另一方面，金岗库村是在老公路上，下山回太原的时候再去比较方便。想到我母亲土生土长在五台山下，总以为随时都可以进山，一拖就是好几十年，结果一辈子也没有去成。所以我这次觉得我不但有责任代她看看老家，而且要代她老人家游山。

五台山开放观光没有几年。我们在 1978 年也正是因为无法去五台才和朋友去游览大同云冈石窟。去大陆观光旅行的几次经验告诉我，没有人接待是寸步难行，除非你是阿城。他跟我说他身上一毛钱不带也在大江南北流浪了两年。我的嬉皮时代已过，绝对需要人接待，不是为了逛五台山，而是为了去金岗库村。不过所谓接待，不一定是指官方正式接待，那反而麻烦，虽然我也知道，即使是非官方接待，像我这次在山西所受到的接待，也要利用不少官方的协助，只不过是非正式的。例如我们上山乘坐的轿车、驾驶毛参谋、导游小李等等，都是靠所谓的"关系"才有的。而这个关系不是我找来的关系，是我太太的一个朋友的朋友的朋友介绍的关系，而这个最后的关系，刚好是山西省军区司令部。毛参谋一开始还以为我在美国一定也和军方有关系，等到我告诉他，我和军方的唯一关系是我1961年在金门当预备军官（解释了半天他才明白什么是预官）少尉排长的时候，他吓了一大跳。不过他很幽默，立刻问我要不要加入"解放军"，连我太太都笑了。

五台山是太行山的一条支脉，离太原不过二百四十公里。公路是新扩建的，可是一过忻州不久就开始上山，柏油路面也只铺到入山之处，所以我们开了五个多小时才到。我们是从叫作大关的南门入山。五台山有四个关门，我们走的南门大关和西门峨峪岭、北门鸿门坞，都在五台，只有东门龙泉关在河北。

我想不论在哪里上过小学的人都知道，五台山是我国佛教四大名山之一，与四川峨眉山、浙江普陀山、安徽九华山齐名。但也许不是每个人都知道的是，这四大佛山之中，以五台山的佛教历史最久，寺庙规模最大，也最多，同时在民间也最出风头。杨五郎、鲁智深五台山出家当和尚的故事，人人皆知。而且光是清朝，就有康熙五度巡行、乾隆六次游山。可是多少年来，尤其是自从还珠楼主写了他那部《蜀山剑侠传》之后，好像峨眉才是正宗，五台（派）只是"余孽"。不论我多么喜欢那部小说，我这半个五台老西儿都觉得有点冤枉。

中国四大佛山之中，每一个都是一个特定菩萨的道场。峨眉是普贤，宣扬"大行"；普陀是观音，宣扬"大悲"；九华是地藏，宣扬"大愿"；而五台山则是文殊菩萨显灵说法的道场，宣扬"大智"。东汉永平年间（58—75）开始建庙，然后从魏齐隋唐到宋元明清，及至民国，就未曾间断地兴建、扩建、修建，规模变化之大，没有任何其他佛山可与其并比。唐太宗一个人就盖了十个庙。在其辉煌时代，五台山至少有三百多座寺院，散布在周围二百五十公里的山峰台顶之中。我记得我看过一本敦煌图册，壁画里就已经有一幅五代绘制的《五台山图》。今天，好像只剩下不到六十座了，而六十座之中，又大概只有不到一半经过整修，而即使整修过的，也没有一个算是真正完工。虽然因为时间的关系，我们只参观了以台怀为主的十来个庙（真要好好逛完五个台至少要一个月），但我们去看的几乎每一座寺院都仍有工人在打砖、砌石、补墙、铺地、换柱换梁、上瓦、油漆、重画泥雕、加添木雕等等。所以，当我看到一座还没有上任何油彩的佛像，就会有一阵突然之感，好像这不是历史古迹，而是在搭布景一样。可是，一想到这里的庙宇基本上多是木头盖的（当然也有石头），完全是靠每一个朝代的维修才能保持到今天，例如，早在一千多年前，武则天就已经需要派人修建金阁寺了，那我也只好告诉自己，这还是历史，你只不过刚好赶上历史的一个夹缝而已。

五台山在我们五台县的东北角，由五座主峰（东、南、西、北、中台顶）环抱而成。五台山本来叫作清凉山，佛经之中一直如此称呼它，道家则称其为紫府山。五台之名，始于北齐，公元六世纪下半叶。这五座高峰，五个台，海拔都在两千米以上，最高峰北台顶海拔三千多米，顶部平坦宽阔，面积也在百亩之上，又没有多少树，故称五台。一般来说，五峰之外称台外，五峰之内称台内，而台内又以我们所去的台怀镇为中心。五台山上的寺庙有两种，一种叫青庙，住的是和尚，一种叫黄庙，住的是喇嘛。不过，今天五台山上的庙，非但和尚喇嘛不分，佛与道也不分，全都混在一起了。还有，和尚尼姑也住在同一座庙里，虽然一个住在东院，一个住西院。

说实话，我们夫妇二人是糊里糊涂地跟着毛参谋和导游小李跑。他们虽然不是五台人，毛参谋甚至不是山西人，但都逛了好几十回山了。对我们这种不信佛教，而且在佛教或中国佛教的艺术、建筑和历史方面的认识也只不过和一般人差不多的游客，哪怕我还是半个五台老西儿，左一个庙和右一个庙，过了一阵之后，都差不了多少了。除了少数几个例外，比如从我们住的一号招待所步行可到、全五台历史最久、东汉永平年间即建成的显通寺，和在它下方、有个大白塔的塔院寺等，其他十来个我现在都有点分不清了。留在记忆之中的只是一大堆寺名——金阁寺、圆照寺、广宗寺、碧山寺、殊象寺、镇海寺，而对另外的三座寺庙（菩萨顶、南山寺、龙泉寺）的深刻印象与庙本身无关，主要是因为要逛这几座庙，先得爬一百零八级石台阶。我的结论是，五台山无论对谁都值得一逛，而对中国佛教及其历史文物艺术建筑爱好者，则应该是必朝之山。我回到美国之后，曾经和一位信佛的朋友谈起我这次五台之游（和你们现在看的差不多），她听了之后气坏了，大骂我五台山白去了。

　　不过，维修庙宇、重建五台的物质面貌是一回事，虽然我也明白此一回事不亚于重修万里长城，而要想把五台山在精神面貌上恢复到，不必也不可能到唐宋，即使恢复到清末民初，都无法设想。就算今天大陆开放了点宗教信仰，而我在五台山上也看到来自各国各地、数以百千计的善男信女朝山拜佛，但基本上（我不知道应该怎么说才对），五台山也罢，灵隐寺也罢，雍和宫也罢，整个寺庙，无论修得多么金碧辉煌，庙里庙外的味道没有了，气氛不对了，精神不见了。如果再想到今天大陆的寺庙内，有不在少数的和尚尼姑都是上班下班、放工之后回家抱孩子的"和尚尼姑"，尽管有的还真的在头顶上烧了好几个点，可是全是工作分配到庙里来的，那就更不对劲了。

庙的实质变了。光是入佛门要先买入场券就又打破了一个幻觉。我并不是反对收票，古迹需要保护，保护需要经费，可是我情愿在入山的时候，或之前交钱。因为意义上，这究竟不同于以前进庙烧香布施，至少前者是硬性的，后者是自愿的。所以我只好从朝山拜佛的信徒身上去感受信仰的存在。我看到很多，大多是中年以上的，可是不时也会看到一些十几二十岁的男女，从他们的表情上可以感觉出他们是真的有这个信仰，而不光是来抽个签、要个儿子。但最令我感动的是一家内蒙古人，一对夫妇和一个十七八岁的女儿。他们的帽子袍子靴子，他们那金银铜铁锡打的耳环项链手镯挂刀，完全是我们心中蒙古族的传统打扮，连袍子上面的油迹都是真的。我们几个和他们一家人在好几个庙里都碰过，已经到了见面点头的地步了，可惜言语不通，无法交谈。听庙里的和尚说，他每天都会看到这些内蒙古人。这一家人也是一样，翻山越岭，从内蒙古步行到了五台山，一入山就一步一伏，见庙拜庙，见佛拜佛，不拜完整个五台山的庙宇，绝不回去。他们很多人将一辈子的积蓄全都布施给五台山的庙了。是要有这种信徒才能把一个死庙变成活庙。没有信徒，庙的存在就失去了意义。宗教如此，政治如此，婚姻也如此。

我们在山上的时候，招待外宾的观光饭店还没有全部完工（这座宾馆不知道是谁设计的，相当不错，至少从外表看，造型、色彩、材料等等都很自然地配合四周的古建筑。一个多月之后，我纽约的老朋友，和我同期在凤山步校受训、同时去金门服役、同机飞美的黄光明同他的夫人张艾女士，也去了五台，刚好住进新落成的国际宾馆），所以我们就还是靠关系，被安排在"一号招待所"，是新宾馆落成之前招待中外贵宾的所在。二号、三号、四号等招待所听说只招待自己人。除此之外，台怀镇主要街道两边还有不少像是个体户的小旅店，给来游山的（1985年，大陆的游客将近五十万人），尤其是给来赶每年阴历六月的"骡马大会"的善男信女、跑单帮的，以及其他各式各样的人住的。"骡马大会"现在已经不再以骡马交易为主，而是赶集，有点"庙会"的味道了。

我们在山上的时间很不凑巧，刚好有一个一百来人的日本佛教协会代表团正式访问五台山（刚访问过嵩山少林寺），前后左右跟着一大批记者、摄像、接待人员，把一号招待所里面所有室内有卫生设备的房间全占满了。结果我们分配到的是一间墙糊着报纸、门窗也糊着报纸、水泥地、一盏灯、一个脸盆、两张床的房间。不过，水虽然要到前院去打，可是茅坑就在屋旁，你要是不在乎味道的话，倒是不必走远。

上山第三天，五台山的不晓得什么单位给这批日本人开了个晚会，还有个南京来的歌舞团表演。大概因为我们是地球那一边的纽约来的，我们也被邀请了。南京的这个歌舞团，无论是乐器、歌舞、服装、灯光、音响，都非常简陋，不过倒是很卖力。

两个小时下来，有一两支曲子听起来很熟，想了半天才发现是电影《搭错车》里面的。散会之后，我带了几瓶酒去找这好像是四男三女的歌舞团团员聊天。除了领队之外，全都是二十几岁，班子是自己组成的，到处找机会登台表演赚钱，大概算是另一种个体户吧。他们有一大堆问题：美国现在流行什么音乐？（我给他们上了短短一课摇滚乐史）认不认识罗大佑？（认识）邓丽君？（不认识）迈克尔·杰克逊？（不认识）……一直到差不多凌晨两点，毛参谋突然急急地找上门，说我太太半夜醒来发现我人不在，起来敲他的门，请他去看看我是不是喝醉了酒，掉进茅坑里去了。

　　所以我觉得毛参谋很聪明。他知道我不会喝醉，更不会掉进茅坑，尤其知道我肯定在和这些唱歌跳舞的聊天。毛参谋个子不高，不过三十来岁，从驾驶兵干起，二十几年下来，现在好像升到了省军区司令部一个汽车队队长之类的职位，可是却挂着一个参谋之名。不过我没有追问为什么。小李人缘特好（这是大陆流行的字眼，不是很好，也不是非常好，而是特好），长得挺漂亮，一点也看不出已经做妈妈了。她原来在太原一家大旅店做事，前几年才改为导游。我们经过之处，几乎没有人不认识她，办起事来，确实方便多了，连毛参谋都佩服。他们二人都很爽快，都很热心，都不教条。因为毛参谋是军人（都没有军衔，我问他什么时候可以恢复，他也不知道），所以我尽量不谈任何军事问题，而且我知道，就是问了，他知道也不会说。不过，当他发现我是在联合国做事的时候，他倒是有不少问题问我。然而，除了我的年薪使他感到不可思议之外，他并不对于我关于联合国、国际形势、美苏对峙、核武器谈判、拉丁美洲国债等等问题的解释有任何感到惊讶之处。一个多星期下来，我发现他的确是一个诚恳努力认真的好干部，而且车开得一流。不，特好。

离开五台山的那天清早，毛参谋已经把车子里里外外洗得干干净净。他说他知道现在走老路去我家金岗库村，不出十分钟汽车内外就又满是泥灰，可是他还是觉得出发之前，车子应该又干净又明亮。

一来我把这次出发当作只是另一次游山，二来我没有料到金岗库村离五台山这么近，十几公里，下山之后，在黄土石子路上开了才二十分钟，毛参谋就把车子慢了下来，指着前方大约两百米土路右边一排房子说:"你老家到了,那就是金岗库。"还处于游山心态的我这才感到震动。我请毛参谋停一下车。这样子不行,我需要一点时间。为什么我也不知道,我只是觉得我不能,我无法这么快、这么突然地就陷入其中。

我一个人下了车。远远地看,金岗库确实相当美,甚至可以说是我沿路看到的一个个小村庄之中最漂亮的一个。上山之前和下山之后所看到的,都是在黄土岗子附近,有那么十几二十几幢零零落落的泥墙、砖墙、瓦房、水泥房,还有三三两两的窑洞,聚在一起。四周是几乎寸草不生的山岗,一堆堆乱石。偶尔有那么窄窄的一片田,这里,那里,有那么一点绿色,看不到水,有山的话也多半是没有树的秃山。这应该是武松打虎的所在。住家种田过日子求生存的话,连从来没有下过田的我都可以想象是什么样子的艰苦生活了。我从小就听说晋北苦,五台一带更苦,而且不是到了民国才苦,好像清也苦,明也苦,元宋唐隋一直苦到战国春秋,好像只有五台山上的和尚不苦。

你必须先了解到这一带的苦、这一带的穷,两千多年下来靠天吃饭、靠地穿衣,一个个小村子四周的山不明,有水的话也不秀,你才能明白我们金岗库村之美。从我在两百米之外望过去，坐西向东的金岗库背山面水，而且后面那座并不算高的山还长满了树。村子前面不远就是那条曾经是主要通道的老黄土路，再往前十来步就是那条水少的时候是小溪、水涨的时候可以变成几十米宽的大河。我那天清早大约不到九点，太阳早已从山那边冒出来，站在路边看到的是一条小溪。溪的两岸有一些三三两两在水边石头上洗衣服的姑娘。再往远看，还有一头头在溪边饮水的牛羊。我的老天！我在惊叹的同时又拜托它，此时此刻千万别给我走过来一个骑在牛背上吹笛的牧童！

毛参谋慢慢地走到我的身旁，"你又不是生在这个村儿里，紧张什么？没人认得你。"我舒了一口气，请他再给我几分钟。我太太则安安静静地在车里等，完全无动于衷。也难怪，1974年我陪她去她苏州老家的时候，我也是这样。

在我这次来大陆之前，就有人建议我要不要跟官方打个招呼，回了老家好有人接待一下。我说不必了。我很怕受招待。而且，如果是我八十八岁的老母回去，那或许可能需要协助，因为真要说起来，这是她的老家，虽然她生在附近的古城村。同时，就算今天我妈在金岗库已经没有近亲，但是一个只有五六百人的小村子，总会有那么几个老一辈的应该还记得她老人家。可是这次只是我回去，于是就单凭辗转认识的关系，像打游击似的，独闯金岗库。

我还没有进村子，可是我知道那幢房子大概的样子，而且找起来也不会太难。我父亲老早就告诉过我们，抗战初期，中共中央曾在五台设立一个边区司令部，总部不但是在金岗库，而且根本就在我们的老家。边区司令，名将聂荣臻，就住在我家后院小楼楼上那间我几个哥哥和姊姊都用过的睡房。在纽约，我也曾看过一些有关五台山的指南，其中差不多都记载了这一段历史。这个司令部是"七七事变"之后，国共第二次合作时期，中共中央于1937年11月7日正式成立的"晋察冀军区"的司令部，任命聂荣臻为司令兼政治委员，司令部驻金岗库村。这个时候我才一岁多，我好像是在重庆（还是抗战胜利后在北平？）第一次听我爸谈起这件事。一个也认识我父亲的、聂荣臻的同志（李？）刚好在那个时期去金岗库我老家看聂司令，才发现总部原来设在张子奇的家，就告诉了聂帅，并介绍了我父亲的为人等等。这位好像是姓李的是个共产党员。他对我老爸的评论是："什么都好，就可惜不是共产党。"好，不管怎样，这位李同志在聂荣臻面前的一番话的确发挥了实际作用。我奶奶当时还住在那儿，一天到晚只能吃点杂粮。可是从此以后，聂荣臻就叫人经常发给我奶奶一点油面吃（以代替房租？油面看起来难看，第一次吃也很少人习惯，可是对老西儿来说却是美味）。

正是因为我们金岗库老家曾经是晋察冀军区司令部，这幢两进四合院，后院还有一幢小楼的宅院，就变成了今天的革命圣地。我知道不管维修得如何，绝对没有给拆掉。

这幢房子是民国二十年左右我父亲为我爷爷在原地基上盖的。我大哥（文华）、二哥（文庄）都生在那儿，虽然他们生的时候还是老房子。从我们家兄弟姊妹六人的出生地即可看出我父亲早年四处奔波的生活。辛亥革命时参加了山西起义之后，他就去了日本念书，所以我最年长的大姐（文英）生在东京；"一战"后回了山西，我妈（杨慧卿）生了大哥二哥。这时又因为我父亲和阎锡山不对（尽管胜利后又成为朋友），只好离开山西，所以我二姐（文芳）生在张家口，三姐（文芝）和我（文艺）生在北平。反正是这样，自从我们家于三十年代初迁往北平之后，除了我爷爷出殡那次之外，就再也没有回过金岗库村……直到现在，我代表已故的父亲和二哥，还代表我妈和大姐大哥二姐三姐，探望老家。

我们慢慢往前开。老公路上一个车子也没有，行人也很少，偶尔一辆自行车迎面而来，或者因为我们实在开得很慢，反而会有一辆从后面超我们的车。路两边的界线是很整齐地堆起来的石头，界线的两边就是田，刚耕好可是还没有种的田，一片黄土。路左边的田再过去就是那条溪，路右边的田再过去就是金岗库村。

一幢幢的白墙灰瓦或砖墙灰瓦的民房，虽然没有什么格局，可是看起来还蛮舒服。我们在右边第一条街道转弯，一开过田就进了村。有几个小孩子看见有部汽车来了，就开始跟在旁边跑。毛参谋问他们有没有听说这儿以前有个司令部什么的，可是没有反应，直到在第一个横叉的小胡同口看见一个老头儿蹲在一棵树下抽烟袋锅，毛参谋才停车。小李说毛参谋的五台话不灵，由她下车去打听。只见二人说了一会儿，又比画了一下，小李才上车，"现在是卫生局啦……就顺着这条胡同走，前面第一个巷口左转……"

我太太问我兴不兴奋、紧不紧张。我没有说话。如此陌生的一个所在，如此陌生的一种经验，与其说是兴奋紧张，不如说是好奇。也许好奇的同时又有点无可奈何之感。我用手捏了自己一把，怎么如此没有感情，一点也不激动？一阵轻痛过了之后，我发现我的感受还是一样。

车子一转进那条巷子，十来步的前方就正面迎来一座开着的大门，大门屋檐之下一颗红星，大门里面一座白色砖屏……我知道这就是了。

我们四个人迈进了大门。一绕过砖屏就发现到了前院。院子并不大，但也不小，七十平方米左右。站在中间谈话的几个人一看到我们出现，就全停住了。我也不知道下一步该怎么办。还是小李，她走上去解释。我借这几分钟的时间观看四周的屋子。因为现在用来办公，保持得还可以，玻璃窗、纸窗，都好好的，只是院子地上的水磨砖有不少地方有点损坏。柱子和梁大概很久没漆了。屋子墙上看得出来曾经写过不少口号，但是现在只是隐隐约约地可以看出"勤俭建国"四个字。其他的字大概是"文革"时期的口号，已经都给涂掉了。

小李和一位年轻的同志走了过来，大家介绍了一下。我只有请小李做口译，请她转达我的来意和谢意。我说我只是来看看，拍几张照片，绝不打扰他们，也不会耽误太多时间，而且不必陪。那位同志的名字我不记得了，不过他表示非常欢迎，请我们随便逛，但同时叫住一个小孩，跟他说了几句话。那个小孩拔腿就跑，经过小李的翻译，我才明白是去找一位应该知道我们家的老乡。

　　前院显然是办公室，可能还有诊所，因为我看到一位姑娘戴着白帽子，可能是护士。他们没有请我进屋看，我也没有要求。这时，大门口上已经挤上一大堆人了。从前院到后院要再穿过一道门。这道门上的"屋顶"相当讲究，是我爸在盖这幢房子的时候知道有个村子的宅院在拆房重盖，特意把它买回来安上去的，因为我父亲觉得当时的工匠已经没有这个手艺了（而今天的工匠又做不出三十年代的手艺了。所以，千万别和前人比古）。一穿过这道门就进了后院。第一眼看到的是晒的衣服毛巾，同时也立刻发现后院左右厢房和正房全都空着，门上着锁，纸窗上全是洞。后院和前院一样大小，我们沿着四周绕了一圈，红色的柱子也不太红了，蓝色的大梁也不太蓝了，还有些木头也开始坏了，油漆到处都有剥落……

这个时候我才有点伤感。可是这好像与老家无关，而是人们看到任何老东西未经善加保存的反应。

我知道内院在正屋大厅左边，就绕了过去。内院尽头靠着院墙有一座上二楼的石阶。这并不很高的楼上就是我哥哥姐姐们在老家时候的睡房，也就是后来聂荣臻的睡房。我是知道，可是那个同志也说了一遍。楼下有三个圆形拱门，里面是当年的煤屋。现在可能还是放煤，不过内院石阶旁边也都堆着煤。我没有上楼，我也没有进内院。

那位同志说，这幢房子在六十年代以前是五台县政府，后来县政府搬到五台城，才改成五台县的卫生局。村子里不少人都知道从前这是我们张家的房子（没错，但金岗库村有一半姓张），我家老早就离开老家到外面闯去了（没错），还做了国民党的官（没错），还发了大财（没有）。他也问了我一些问题，哪个单位的，住在哪里，怎么是军方招待，为什么不早通知，让他们有时间早做点安排，好好欢迎我回老家……我和他走到挤满了男女老幼的大门前，往外一看，整个巷子，还有前面那条胡同，都挤满了老乡，我就说这个欢迎就已经够了。

大概因为这是个政府机构，看热闹的人都挤在外面和大门口，没有走进院子里来。我们回到前院，发现那个小孩已经带来了一位中年人士在那儿等。我起初不知道他们是从哪里进来的，后来才发现，二进院正房右侧院墙有个缺口。但或许是以前就有的侧门，只不过现在少了个门和门框。

那位中年人也姓张，通过小李的翻译，一代一代名字追问上去，我发现他的祖辈和我父亲同辈，他可以算是我八竿子打得到的远房侄子，但是我没好意思让他叫我叔叔。他也只是模模糊糊地知道有我们这样一个张家，早已经在北平定居了。不过，我这位本家说，这里有个街坊，一位八十多的姓杨的老奶奶，认识我们家，问我要不要去找她聊聊，他已经打过招呼了。我说当然。

那位老奶奶（我也跟着这么叫，虽然后来我才知道她比我妈还年轻好几岁）的家就在我家后面一条小胡同里。一个小四合院，好像住了好几家人，而且已经有人在家门前的院子里生火做饭了。我们进了一间西屋，看见一位老太太，还是小脚（使我更佩服我从未见过面的外婆外公，我妈生于 1900 年，居然没给她裹小脚），一身传统乡下打扮，还戴了些首饰，坐在炕边等我。她一见我们进屋，就要下炕。我们赶快上去拦住了她。她于是就拍了拍炕，示意我坐在她旁边。老规矩我全忘了，我也不知道该不该坐，就给她老人家鞠了个躬。屋子很小，一进门没几步就是炕。炕边一个台子，台子上面有个小柜，还有些日用品。屋子的活动空间只能容上两三个人，所以我们谈话的时候，就只是坐在炕上的老奶奶、我、我那位远房侄子，以及没她不行的小李。毛参谋陪着我太太在外边和别人聊天。

老奶奶头一句就问我是不是文庄。我两秒钟之后才明白她的意思。我二哥是她当年见过的我们家人里面最小的一个。她以为文庄现在长大了，就是我。我通过小李的翻译（地道的五台话可真难懂，连在山西住了这么多年的毛参谋都听不懂），慢慢一句一句告诉她，文庄是我二哥，我的家离开山西之后，我妈又生了二女一男，我最小。她记得我爸、我妈、大姐、大哥和二哥，一个个问起。我一直在犹豫，不能决定要不要告诉她我二哥已经去世三十多年了。后来决定还是不讲，只告诉她我父亲十年前在台湾故世，其他人都住在美国。她虽然和我母亲同姓杨，但好像扯不上亲。我回美国之后给我母亲看这位老太太的相片，我母亲也想不起她是哪一家的。

老太太停了一会儿又说话了，而且面带微笑，我在还没有听到翻译之前也只好陪着点头笑，可是我发现小李一下子红了脸。问她怎么回事，半天小李才吞吞吐吐地说，老奶奶很高兴我离家这么久，到头还是回老家娶了个本地姑娘。我不好意思笑，打算叫我太太进来给老奶奶介绍，结果发现她已经和毛参谋逛村子去了。我临时叫小李干脆别拆穿老奶奶的想象，她既然这么乐，就让她这么以为、这么乐一乐吧。小李没说话，我们就这样在杨老太太面前扮演了一次夫妻。

她要留我们吃饭。我怎么敢打扰？（而且又冒出一个老婆来又怎么交代？）就动身告辞。老奶奶又跟小李说话。我发现小李面部表情又有了变化，突然深沉下去。顿了一会儿，我看她眼圈儿都红了，她才说："老奶奶要送你一个鸡蛋……"

……总共有一两百个老乡目送我们的车子出村。开了半个多小时，车上没人讲话。我在点烟的时候，毛参谋才打破这个静默，"你这次一来，村子里可有的聊了……我看会聊上半年一年……这么个小村子，我都没来过……好家伙，这是件大事……我看他们会聊上一辈子……"

那个鸡蛋使我有了一点回老家的感觉。这是家乡的味道，而且是穷的家乡的味道。

我明白这次如果不是我，而是我妈，或在老家住过几年，还在这儿上过学的大姐，或生在这儿的大哥二哥，要是这次是他们回来，感受肯定比我沉重。我二哥因为是空军，所以每年都得立一份遗嘱，我记得他死了之后（他是1955年奉命驾"美龄号"专机飞马尼拉接叶公超的时候，刚从台北起飞就在新竹附近失事），我们才知道他希望最后安葬在五台金岗库的祖坟。我父亲当然也是如此希望，而我这次都忘了问我家祖坟，如果还在的话，到底在哪儿。我向我母亲道歉。

可是她老人家很爽快，但没有出乎我意料，"什么祖坟。我很喜欢碧潭空军公墓，地都给我留下了，离你二哥不远，就在你爸旁边。"

我们在五台附近公路边一家个体户面馆吃的午饭，现做的刀削面、西红柿酱。小老板很年轻，带着母亲媳妇儿和两个兄弟一块干，像是发了点小财，一直向毛参谋打听一部汽车要多少钱、怎么去买。饭后上路，还是老公路，路面窄，黄土厚，不幸又赶上一部卡车抛锚，堵住了整个南北交通，等了两个多小时才通车。这么在老公路上又走了好几个钟头才到忻州，上了柏油路。就这样，回到太原的时候，太阳都快下山了。

1987 年

五台山下金岗库

祖籍山西五台，可是生长在北平的我……从未去过家乡。去年夏天（1986），奉我住在加州的老母之命，去看了一次五台老家。

上面几句话摘自1987年我的一篇《五台山上，五台山下》前言。那次探乡，只是我们夫妇二人、导游及驾驶，只停留了小半天。2015年11月初，我又去了一趟，这回却是我主动发起。

我这一代是海外张氏家族的长辈，现在下面又有了两代子孙，但只有我去过老家，山西省五台县金岗库村。我不止一次建议侄子侄女们，你们这一代也应该有人去看看。我尤其希望先带我大哥二哥的几位子女去探访他们祖父和两位老爸的出生之地。

我大哥的两个女儿（艾维，艾达）都住在美国，但是一个不懂中文，另一个也只能用中文交谈，二哥的两女一子，则分别住在曼谷（艾玲）、洛杉矶（啸虎）和香港（艾嘉），都能说能写能看中文，可是多年前一两次安排都未能成行，不是这个有事，就是那个有事。

过去十几年，我大约每两年蜻蜓点水似的跑一趟北京、上海、香港和台北。去年秋天出发之前，我电邮小妹儿张艾嘉，给了我的行程，说如果她在那段期间抽得出两天时间，那不论当时我在哪个城，我们就可以先在太原会合，再去金岗库。最好还能约上曼谷的姐姐张艾玲，我觉得起码先带下一辈一两个人去，而只有她们二人比较近便。

10月中，我刚抵达北京就收到小妹儿的电邮说，这次真有可能。她11月2日回太原，为贾樟柯新片《山河故人》次日首映做宣传。等我10月底到了上海，又收到她的电话说，贾樟柯知道了我在国内，也邀我去，而且由他来安排探访金岗库的一切。这还不说，小妹儿先生王靖雄（但亲友都叫他Billy）也去，姐姐艾玲也去。

我无法想象今天的金岗库变成了什么样子，更不敢想象祖宅是否还在。事隔三十年，我开始担心我的期望可能落空。

《五台山上，五台山下》记载了我1986年首次探访老家的印象。那次我们一行四人下了五台山，在老公路上没开多久就看见正前方一个小村落。驾驶说：

"你老家到了，那就是金岗库。"

> ……远远地看，金岗库确实相当美，甚至可以说是我沿路看到的一个个小村庄之中最漂亮的一个。上山之前和下山之后所看到的，都是在黄土岗子附近，有那么十几二十几幢零零落落的泥墙、砖墙、瓦房、水泥房，还有三三两两的窑洞，聚在一起。四周是几乎寸草不生的山岗，一堆堆乱石。偶尔有那么窄窄的一片田，这里，那里，有那么一点绿色，看不到水，有山的话也多半是没有树的秃山。这应该是武松打虎的所在……

你必须先了解到这一带的苦、这一带的穷，两千多年下来靠天吃饭、靠地穿衣，一个个小村子四周的山不明，有水的话也不秀，你才能明白我们金岗库村之美。从我在两百米之外望过去，坐西向东的金岗库背山面水，而且后面那座并不算高的山还长满了树。村子前面不远就是那条曾经是主要通道的老黄土路，再往前十来步就是那条水少的时候是小溪、水涨的时候可以变成几十米宽的大河。我那天清早大约不到九点，太阳早已从山那边冒出来，站在路边看到的是一条小溪。溪的两岸有一些三三两两在水边石头上洗衣服的姑娘。再往远看，还有一头头在溪边饮水的牛羊。我的老天！我在惊叹的同时又拜托它，此时此刻千万别给我走过来一个骑在牛背上吹笛的牧童！

　　我们慢慢往前开……路两边的界线是很整齐地堆起来的石头，界线的两边就是田，刚耕好可是还没有种的田。一片黄土。路左边的田再过去就是那条溪，路右边的田再过去就是金岗库村。

一幢幢的白墙灰瓦或砖墙灰瓦的民房，虽然没有什么格局，可是看起来还蛮舒服……

我不知道近几十年来国内的大拆大建，有没有延伸到金岗库。三十年前，这个穷乡僻野的小村，连个杂货店都没有。今天，我在飞机上一直胡思乱想，或许有了些面馆酒馆，老黄土路上铺上了水泥柏油……

走进太原机场等候厅，我开始找熟面孔，没有，倒是看见一个人举了个牌子，上面写着"张叔叔"。

我跟着他上了车，直奔酒店，叫"万达文华"。很新，也很漂亮。大厅内等候我的那位女士自我介绍叫刘燕，给了我名片，要了我的护照。我后来才知道贾樟柯安排去金岗库和五台山的一切事项都由她经手。她说，贾导和张姐他们出席记者会，下午为我们和媒体放映《山河故人》，晚上导演设宴，第二天一早出发，先去我老家，再上五台山……

我和艾玲看完电影之后就赶回酒店直接去了餐厅，一张极大的圆桌坐满了人，总有二十多位，我这才见到贾樟柯和赵涛，还有董子健。贾赵二人是多年前他们来纽约宣传《天注定》的时候认识的。小董也是两年前来纽约拍片才首次见面，刚看完电影，我才明白为什么小董也在场，他和张艾嘉有场戏。

晚宴是丰富的山西酒席，小妹儿先给我倒了一小杯白酒，说这是导演特别为我准备的老汾酒，我们才吃了几道菜，所有和电影有关的人全都离桌去出席当晚的首映，怪不得他们要先开动吃。

席散之后，我想去看看一个有如此规模酒店的酒吧。结果，根本没有，只是在大厅后方隔出一个不小的空间，有几组小沙发和桌椅，墙上几排架子，摆着可怜兮兮的几瓶酒。我真不明白，一个如此像样子的国际大酒店，竟然没有一个像样子的酒吧，更没有像样子的威士忌。

我们第二天 11 月 3 日一早出发，上车之前，我才发现有这么多人去。除了艾玲、艾嘉、Billy 和我之外，还有贾樟柯、赵涛、小董。另外还有刘燕和电影工作组，总有十好几个人，分坐了一部休闲车和一部房车。

离开太原没多久，人烟开始渐渐稀少。公路两边的景色和三十年前差不多，山岗子附近有一些房舍，一些窑洞，乱石山丘。不知走了多久，突然一闪之间，我瞄见一个路牌——"金岗库"。老天！小村子上了公路图了！

又何止有了村牌，金岗库现在是五台山风景游览区的一个主要关口。不远前方是座蛮大的建筑，游客在此下车进去买票步行入境，车辆则走旁边的车行道。佛教圣地五台山一直是国家重点文物保护区，尽管"文革"期间，众多庙宇遭受严重破坏，但现在显然受到国家的重点保护。而且还有一项大改进，三十年前，我就写道：

庙的实质变了。光是入佛门要先买入场券就又打破了一个幻觉。我并不是反对收票，古迹需要保护，保护需要经费，可是我情愿在入山的时候，或之前交钱。

这一点，现在也终于做到了。

重新上车之后没多久就开进了一个完全陌生的金岗库。公路两边都是一两层高的店铺，好像都跟吃喝玩乐住宿有关。一眼望过去，看不见老胡同，老房子，也没见小溪和洗衣的姑娘，也没见溪边饮水的牛羊。

三十年前，我没几分钟就找到了从未去过的祖宅，现在我反而不知道该如何去找老家的房子了。

贾樟柯查问了之后说，老胡同和老房子就在这几排新建店铺的后面。我立刻带艾玲艾嘉绕了过去，同来的人也跟了我们走。

不到十分钟我就感到眼熟。老胡同没怎么变，还是泥土路。我越走越有把握，反正就在这里了。没错，三十年前，"车子一转进那条巷子，十来步的前方就正面迎来一座开着的大门。大门屋檐之下一颗红星，大门里面一座白色砖屏……我知道这就是了。"

我顺着一条胡同走，右边有条短巷。我转头看，几乎像上次那么突然，祖宅就在眼前。我叫艾玲艾嘉："This is it! Right here!"

她们二人赶了过来，这时我才注意到巷口立着一个石碑："省级重点文物保护单位，晋察冀军区司令部旧址。山西省人民政府，一九八六年八月十八日公布。五台县人民政府立。"

三十年前，我虽然是初次探访，可是知道那座宅院大概的样子：两进四合院，后院左侧一座小楼。我父亲老早就跟我们说过，抗战初期，中共中央曾在五台县设立了一个司令部，总部不但在金岗库，而且就在我们的老家，这个司令部是"七七事变"之后，国

共第二次合作抗日期间，中共中央于 1937 年 11 月 7 日正式成立的
"晋察冀军区"的司令部，聂荣臻为司令兼政治委员，聂帅也就在
这座宅院起居工作指挥。

现在看那个石碑，我才注意到，就在我初次探访之后没多久，
祖宅这里设立了一个纪念馆。

老家大门上着锁，不知道是谁去找有关单位开大门，我们借这
个机会从外面看祖宅，小巷子铺上了砖，门墙都很新——"文艺叔
叔！"突然听见有人叫我，还叫我本名！我们都一惊，转头去看。

三十年前，我就听说老家在解放初期是五台县政府所在地。没
多久，县政府移到五台县城，老家改为县卫生局。那次，卫生局一
位同志找来了一位说是和我们张家有点关系的老乡。

那位中年人也姓张……一代一代名字追问上去，我发现
他的祖辈和我父亲同辈，他可以算是我八竿子打得到的远房
侄子，但是我没好意思让他叫我叔叔。

我们现在看见的是一位白发老头儿，抱着一个小女孩。我脑子

急转，他应该就是那年我见过的那位远房侄子。几句话之后，一点不错，果然是他。

我先给他介绍艾玲和艾嘉，从他的面部表情，很难说他是惊讶还是惊喜。两个侄女的反应是惊奇，意想不到。至于贾樟柯和赵涛，我想他们觉得这也未免太戏剧化了。

我这位远侄叫张金槐。不久，他的兄弟张金德也赶到了，还给了我一份《金岗库张氏族谱》。这时，大门的锁给打开了。

1986 年，当我第一次迈进祖宅大门，绕过石屏，走进老家前院，我在《五台山上，五台山下》中写道：

因为现在用来办公，保持得还可以，玻璃窗、纸窗，都好好的，只是院子地上的水磨砖有不少地方有点损坏。柱子和梁大概很久没漆了。屋子墙上看得出来曾经写过不少口号，但是现在只是隐隐约约地可以看出"勤俭建国"四个字。其他的字大概是"文革"时期的口号，已经都给涂掉了。

……进了后院。第一眼看到的是晒的衣服毛巾，同时也立刻发现后院左右厢房和正房全都空着，门上着锁，纸窗上全是洞。后院和前院一样大小，我们沿着四周绕了一圈，红色的柱子也不太红了，蓝色的大梁也不太蓝了，还有些木头也开始坏了，油漆到处都有剥落……这个时候我才有点伤感。

那是老家三十年前的样子，这次迈进了大门，真是面貌一新，前院后院都种上了树，还有花，门窗柱梁也都上了新漆，庭院砖地也都完整了。但整个感觉不像是个住家，而确实符合其当前身份，像个供人参观的纪念馆。

前院主要是展览室，占了一整排房间，里面墙上呈列着地图和黑白照片，都与聂司令在此接见部下、商讨战事有关。室内的摆设像是恢复了当年的样子，办公桌、会议桌、几组座椅、档案柜等等。后院东西和北屋则难明显看出现是什么，不过收拾得干净整齐，北方左侧小楼上那几间小房是当年我大哥二哥的卧室，现在布置得也像是，我只在门外瞄了几眼。

这时，很多人都在拍照，个人的，一组一组的。我是张家老大，不时也凑上一份。在他们还在拍的时候，我把《金岗库张氏族谱》摊在地上翻看，远佺也蹲下来解释。

《族谱》只是初稿，非常简略，没有纪年，也没有生死年月日，只列举了一些姓名、配偶、子女和辈分。虽分世代，但也只追溯到大约清朝乾隆年间。我算是金岗库张氏家族第七世，远侄说他们不清楚海外张家后代情况，请我回去替他们补齐。

个把钟头之后，大家也都看得拍得差不多了，远侄和我走出了大门，他指着隔壁几幢宅院说，那是我父亲两个兄长的家。接着他带我们张家三人找了个地方喝茶，才比较含蓄地概略透露，解放后，因为有海外关系，金岗库张家族人吃了点苦，但没说是什么样子的苦，我也没追问。"文革"之后好了许多，他还是像上一次那样一直不提这几十年他们兄弟在干什么，如何生活，也没请我们三人去看看他们的家，当然，我也没要求，只是以海外张家长辈的身份，感谢他们的努力和山西省政府的合作，把我们这家故居改为纪念馆。

不过我当时及事后都一直在想，当年红军有八大元帅，不知道后人还为其中哪位帅成立了纪念馆。当然，金岗库的"晋察冀军区司令部旧址"，并非纪念聂荣臻的一生功勋，而是纪念他在抗战期间那段历史。即便如此，政府还是没忘过去，为纪念聂帅的抗战功劳，在他的金岗库司令部设立了这个纪念馆，而这个纪念馆又恰好是张家祖宅，老家房子也就因此而受到了政府的重点保护。

我在上车之前，站在公路边，再看金岗库今天的村容，这才看出公路两侧的新建筑，一边是在以前老公路到村子前方那片田上，另一边是在老公路到小溪之间那片田上盖起来的，因此老胡同和一些老宅院才没有给拆毁，至于那条小溪，多半改道了。

如果你问我金岗库三十年前和今天的差别是什么，我只能说，三十年前，金岗库穷可是美，今天的金岗库游人区和老胡同是两个世界，村民多半不那么穷了，可是金岗库也不那么美了。

贾樟柯在催，他老早就约定好去五台山拜见一位修行很高，但极少接见外人的老和尚。他叫我一起上山，先拜见老和尚，再住几天逛庙。我实在无法，必须当晚赶回上海，可是金岗库叫不到出租车，只好跟他们上山，好在不远，到了老和尚庙前，他才又派车送我回太原。

在回程路上，我问司机时间够不够我在太原找个地方吃碗西红柿炸酱面，他说不够，就这样，我只好直奔机场。

回上海的飞机上，我一直在想这次重访老家。当然，此行如此顺利得感谢贾樟柯的安排，我也高兴两个侄女因此终于看到她们父亲和祖父出生的房子，以后下一两辈人谁有此愿望，也只能靠她们带路了。三十年前我老母交代我的，我终于在三十年后交代了下一辈。可是我立刻觉得可笑，还带什么路？谁有兴趣，自己去金岗库参观"晋察冀军区司令部旧址"就是了。那所宅院就是你们祖先的故居。

开始写这篇文章的时候，《山河故人》刚好也在纽约上映，现在电影下片了，我的金岗库故事也讲完了。

可是如果有谁问我还有什么诉求，那我就多半会说，希望山西省人民政府，在纪念馆前石碑上那句"晋察冀军区司令部旧址"下面，另加一行字："原张氏家族故居"。

2016 年

一个十字街口

从我家步行五分钟就到了，一个永远拥挤杂乱、车辆行人不断的曼哈顿下城十字街口。

这个十字街口是两条主要马路的交叉点，南北走向的百老汇大道和东西走向的坚尼路（Canal Street）在此相遇横割。

百老汇大道从曼哈顿岛最南端开始，直穿全岛，是原住民印第安人不知道多少世纪前走出来的通道，纽约建都后予以保留。出纽约市后成为纽约州9号公路，一直通到加拿大。而坚尼路则从东边的东河横贯全岛到西边的哈德逊河。百老汇从西59街开始改为南向单行道，直至华尔街金融区。坚尼路的东端是跨越东河，通往布鲁克林的曼哈顿大桥，西端是哈德逊河下，通往新泽西州的荷兰隧道。

上下班期间，你也不用站在这个十字街头，就可以想象车辆是如何挤塞。

坚尼路以北是苏荷，以南就是我住的"翠贝卡"（Tribeca）。苏荷意指"好斯顿（大街）之南"（South of Houston，Soho，读音好斯顿，源于荷兰一殖民者[1]，而非德国先驱休斯顿），翠贝卡指的是"坚尼路之下三角地"（Triangle Below Canal）。

苏荷现已全球知名，但翠贝卡社区却是比较新的名称，我七十年代搬过来的时候，尚无此称呼。它曾经是市中心，而到二十世纪中，其当年的繁华已变成一个白天作业的布匹批发集中地，日落之后，相当荒凉。但因其十九世纪与二十世纪初的铸铁和其他建筑风格，而逐渐成为今天一个昂贵的住宅区，市政府也就为了行政方便，才于八十年代初划定此区名称为"翠贝卡"。

百老汇之东的坚尼路，是华埠唐人街的主要大道。此路之北是

---

[1]　另有一说认为好斯顿大街之名源于美国政治家、律师威廉·好斯顿（William Houston，1755—1813）。

一百多年历史的"小意大利"社区。但自二十世纪中开始，三代四代意裔后代逐渐离开，现已几乎全被华人占领。只是店面仍然属于意大利家族，一些百多年老餐厅仍在继续营业。

坚尼路的历史可比百老汇大道短得多，而且本来也根本没有这条街。

就在我住的公寓附近，直到十九世纪初，曾经有一个曼哈顿约五十亩的淡水地（Fresh Water Pond 或"蓄水地"，Collect Pond），殖民时代之前，是原住民渔猎所在。先荷兰后英国殖民时期，这个小湖是居民休闲野餐的去处。可是不久，一些制革、酿酒、屠宰、染房等等小工厂，利用淡水之便，在这个小池塘四周建了厂房。可以想象，只需一百多年，到了十九世纪初，池水已被污染得无法收拾，只能填平。因此，在今天的坚尼路，挖了一条运河水道排污，输放到曼哈顿之东的东河，之西的哈德逊河，然后就把池塘填平了，也把运河填平了，运河于是自然地变成一条路，而因其运河前身而取名 Canal Street（坚尼是广东话音译）。

我家十二层大楼改为合作公寓之后，曾一度叫作"蓄水池大楼"。

今天，百老汇大道之西是一些日常用品的廉价商店，而百老汇东侧是唐人街的西端，商店都以游客为主，卖些纪念性小礼物和各种仿冒品。

坚尼路左右一个街段之内，有十条路线的四个地铁站，成千上万地铁乘客进进出出，这还不提路口还有无数路线的公共汽车站。再加上百老汇大道在坚尼路下面半条街更是"纽约一日游"的本地外地游览车必停之处。

行人多，车辆多，廉价商品多。坚尼路南边人行道上，永远有人在兜售这个，叫卖那个。从我七十年代末定居翠贝卡之后，上下地铁，总要绕过这些人。

起初是一些白人子弟，在国庆和新年之前一个月左右，开始向驾驶新泽西车辆，穿过荷兰隧道，进入曼哈顿坚尼路上的司机售卖烟火。但是没多久，他们就因市政府规定私人不得点放而消失。继之而来的是坚尼路西侧连开了好几家汽车音响店，专门为爱车爱流行音乐的年轻人在汽车上安装巨型喇叭和音响设备（boom box）。而这些年轻人又都把新装置的设备声音放到无限大，在附近的几条街上自我过瘾，令人头大之至。又没有多久，因这一带居民的抱怨，市政府下令消除噪声，于是他们便又消失了。

然后，大约在八十年代初，出现了一批新移民。首先是越战结束之后，来了一些非常引人注意的年轻越南人和越南华侨，其中不少是女孩，这些越青全黑打扮，三五成群地聚在这个街口笑闹打骂，但是从未见他们兜售什么。偶尔，天热的时候，我可以看到不少越南人手臂上的刺青，多半都是 BTK（Born To Kill，天生杀手）。这应该是他们效仿小时候在越战期间看到美国大兵身上的刺青，表示凶悍凶狠。

坚尼路西侧的一个街口，有一家我常去照顾的餐厅，都是简单的美国吃食，价钱也公道，环境也幽静，还有个小小的卡拉 OK 表演台。我有天晚上去吃，发现这个所在几乎完全给这批越青帮霸占了，果不其然，没有多久，这里连续发生了几起命案，警察抓了不少人，餐厅也关门了。

这段时期，也正是唐人街华人子弟帮派混得最厉害的时候，什么"鬼影帮""飞龙帮""黑鹰帮"……不但勒索店商，收保护费，还担任走私入口蛇头的保镖，接送偷渡华人。

1993 年发生了一起轰动全纽约的袭人事件，还上了全国电视新闻。一艘老旧货轮"金色冒险号"（Golden Venture），在纽约市海岸外约两百码处搁浅，船上有三百多华人偷渡客，他们是从福建先经内地蛇头偷渡到泰国，又去东非接了另一批华人，海上漂流一年多之后，抵达纽约岸外，吃的喝的都没有了，船也成了残废。更使这些偷渡者和随行蛇头绝望的是，纽约这边负责接送护航的帮派兄弟不久前又因其他罪行被捕，一路跟随的蛇头就把船长关了起来，然后下令叫这三百多人和蛇头跳海上岸，各自求生。

九十年代，福建移民首次超过了传统的广东移民，这个十字街口也开始有了福州人在叫卖十几二十几块的仿冒名牌手表，这还不说，华埠的东百老汇大街完全给福州人占领了，甚至于当年广东人在华埠中心立的孔子铜像，在其对街一个安全岛上一座纪念"二战"期间阵亡的二代三代美籍华人战士牌楼之侧，福建人立了一个林则徐铜像，与孔子隔街相视。

但更具有象征意义的是，纽约市长多年来旧历新年拜访唐人街名义代表"中华公所"的悠久传统，现也改为同时拜访"福建同乡会"。

"九一一"事件对曼哈顿下城冲击非常之大，恐袭发生之后，先是 14 街以南全属禁区，只有居民出示证件才可以进出，然后禁区渐渐缩小，最后只限于坚尼路至原双塔金融区，可以想象，华埠商业损失惨重无比，一个游客或非居民也进不来。唐人街上空无一人，至于那些在餐厅打工的华人非法移民，非但无法进出华埠，而且几乎半年没有收入。

这段紧张期过了之后，百老汇和坚尼路街口也慢慢恢复了正常，也就是说，坚尼路上的兜售叫卖又开始了。只不过，福州人不见了，却来了一批新面孔。

他们，好像女的居多，操着极难听懂的方言（后来才得知是温州话），沿着坚尼路西侧人行道上，手臂上挂着几只名牌女用手提包，向游客兜售。显然销售本事很厉害，生意很好。名牌手提包厂商派人来追查仿冒，还上了电视。不久，坚尼路上一连好几家手提包店面都被警察查封。

温州商帮很快就改变了作业方式，不再臂上挂，而是手中一本图册，里面是一页页这个品牌那个品牌的彩色照片，翻给顾客看。有兴趣的买家就被带到邻近一两条街上的秘密仓库取货。

其中一个仓库就在我家侧街对面一栋楼的下层，我从客厅就可以看见她们进进出出。可是两三个月之后，一批警察就把这个仓库查封了。显然这条小街上有个居民报了警，不，不是我，"英雄不挡好汉财路"。

这段时期，坚尼路十字街口上又出现了一帮人，他们是北非来的穆斯林，看样子他们是能拿到什么就卖什么。有时候叫卖各种名牌手表、手提包，有时候兜售旅行箱子，他们都很虔诚，必定按教规时间，在坚尼路下边一条小街上向圣地麦加跪拜。

也许是因为自去年总统大选前后，非法（及合法）移民问题成为一个非常具有争论性的主题，坚尼路和百老汇十字街口上安静多了，实在难说他们还能混多久。

一粒沙中看世界？那是诗的语言。你们可以随便解读。但是在一个十字街口上看……看什么？美国？纽约？一代又一代合法非法移民在大街上跑江湖？唉！也不用想得那么多，这只不过是一个陌生路客，写了一些街头生活的片片段段。不过，虽然不是诗的语言，你们还是可以随便解读。

2017 年

我的初恋

我们都在强恕中学，我高二时她初二，我比她大三岁，她是我的强恕女朋友。

我班上有个篮球校队前锋，也姓张。他交上了一初二女生。有天下学一起走在路上，他的女友姓陈，跟我说："张文艺，我们班上有好几个不错的同学，都很可爱。你要找谁，我给你们介绍。"我说好。

第二天，我们三人慢慢走过初二课室。我看到她，放学的时候，我跟陈说，靠近走道窗户第二行，倒数第二个座位那个女生。

陈说："哦，马月华，很可爱，有点害羞。班上同学都喜欢她。我想她多半不会马上同你说话，你先写个纸条，我交给她，看她怎么说。"

我当晚就写了。不太记得写了什么，大概是想和你认识之类的，第二天我交给了陈。

我等了好几天也没消息，过了足有一个星期，陈才给了我一个叠得很紧的纸条，她说谢谢我想认识她。

我们就这样开始传递纸条。一个多月之后，我们不再通过陈了，就在上下课走道上偷偷交换。最后她在一张纸条上说放学一起回家。

我取了脚踏车，在校门口等。她出了校门，微笑点头，没有说话。我推着车跟了上去，也没说话。走出了学校那条巷子，我才问她，你家远吗？她说不。我们继续这么慢慢走，过了两三个巷子，她说到了，指指前面巷府一个大门。她不要我送到门口，就说在这里看她回家。

我上了车，扶着一棵树，看她敲门。开门的像是她母亲，她盯了我一眼就关上了门。

快大考了，学校每班都有同学放学之后仍在课堂一起温课。马月华他们好像也有，我没有。那天放学，我在走道上轻轻跟她说早点走，我在巷口等你。

这次我们没有直接回她家，就走向不远的淡水溪。我们先坐在溪边说话，问她母亲是不是管得很紧，她点头，然后我们换到旁边一个小树林，我们靠着一棵树，我拉住了她的手。

这一阵，我的功课忙起来了，父亲给我请了一位叶老师，教我念"四书"。这还不说，我给父亲赶出了家门一个多月。虽然我继续上课，这一个多月没有和马月华放学走回家。

她倒是先告诉了我她家电话。打过两次，都是她母亲接的，一听是个男孩子声音，马上挂断，试着敲她家门，一次她开，说不能出来，一次是她母亲，一见是我，马上关门。

整个暑假，我都没见到她，我除了星期六下午去上叶老师的课之外，也只是和同学去西门町看几场电影，或去师大操场打打篮球。有天晚上，大小字写完，我心烦得很，就在书包上写了五个大字"我爱马月华"。

开学了。我背起书包，穿过操场进入课堂。我也不知道有多少人看见了我书包上那几个字，反正，几天下来，我班上同学全知道了。马月华自己，或班上同学看见了，也肯定会同她说。可是在走道上碰见她，也没什么表情，只是低头而过。

我又给了她一张纸条，说放学在校门等她。这次她竟然向淡水溪边小树林走去，在我们那棵树边说话。我问她看见我书包上写的那几个字没有。她没说话，像是默认了，紧紧抓住了我的手。

我们又都开始忙了，初中高中毕业考，我还要准备大学联考。可是不知道她是不是还念了强恕。毕业之后，我去她家，她母亲开的门，说了一句话："别再来了。"

就这样，我们断了音讯。她没去上强恕高中。1959年我师大毕业，同时还在"中国广播公司"做了三年，回强恕教了一年书，入伍训练，金门服役，1962年出国。

我因政治原因，一直无法回台湾。直到1984年才得到特别许可。在台北，我们夫妇二人住在我侄女的公寓。我儿子大学暑假，从密歇根回到了纽约，我太太要先回去看住他，因为我们都听说过一些朋友的可怕经验，十几二十岁的小孩，乘父母不在，开派对，把家里搞得乱七八糟，我就一个人住在侄女家。过了两天我才发现后面一个房间还有另一个人，是我一个朋友的女儿。我们极少见面，她一早出门，我还在睡。

有天早上，突然电话响了，是个女声问我："你是张文艺吗？"我说是。她说你也不必猜我是谁了，"我是马月华。"

这一下子把我惊醒，电话没多说，只约好中午在Jimmy西餐馆见面。我中午不到先去，叫了一杯威士忌镇定一下，这比我三十年前第一次和她走回家还紧张。酒喝了一半，她来了。

"文艺，你的事我知道不少，"她提了下我出国之前的一些事，"你美国的不少事，我也知道一些。"我问她怎么会知道，她说一些是我强恕同学说的，美国的事，是从我的一些朋友聊天中听来的，"他们都不知道我们早就认识，我也没提，要不然我怎么知道你回了台湾，住在你侄女家，是她母亲跟我说的。"

我说你的朋友圈真不小，外面社交圈好像更广。她点点头，"所以现在跟你说说我这三十年的情况吧。"

她从初中毕业开始说起，一直说到早上给我打电话，我一边听，不时惊讶，更不时震惊。实在无法想象当年一个害羞的小女生，成年之后竟然有如此多彩多姿的生活经验。看样子，她把她的私事，全跟我坦白了。我又在想，人生一世，就应该过自己的日子，交自己爱交的朋友，吃自己爱吃的东西，穿自己爱穿的衣服……她的确没有白活，真是个有福之人。

我这里不能把她的隐私当作我的文章写出来，她的一切坦白，只能由她自己决定是否跟别人说。

回到纽约，我们也从不写信，也没有互通电话，那时我们都没有电脑，也就无从电邮。后来很久，我倒是收到她一封请帖，是强恕中学周年纪念的宴会，由她安排，但不在台北。她上海也有个房子，可是她在一家酒店安排了一个宴会，我没去，也没回信。

过了好几天，又收到她一篇宴会报道，传给了那天参加的同学。老天，竟然有一两百人去了，海峡两岸及香港，还有欧美各地的老强恕，她也真是花了不少时间精力。除了安排住宿、酒席、接送飞机之外，她还为了舞台，制作了不知多少光盘，里面全是当年五十年代流行的摇滚乐。

从八十年代开始，我大约每两年跑一趟北京、香港和台北。如果她在台北，我们总会碰个头，说说近况，如果我有书出版，也会送她一本。上次是 2015 年，她还特别请她的朋友开车带给我看她养的小狗。

在回纽约的飞机上，我在想我和她从中学开始，总有七十年的交情了，难道这就是我的初恋？"恋"在哪里？牵过几次手，也算吗？难道是我自作多情？高三那年一时冲动，在书包上写了"我爱马月华"五个大字，背了一学期，倒真的像是自作多情。

回到纽约次年，我出了个意外。在家中下楼梯时少踩了一阶，晕倒在地，头破血流，去了医院急诊，医生缝了好几针，几次仪器测验之后说，头脑没有震动，无须手术。出院时，医生给了我一根手杖，说你外出走路，上下楼梯可能不稳，最好带着手杖。

2018 年，我有事要同北京和台北的编辑谈，就又跑了几个地方。好在每个城市都有朋友帮忙，几个年轻的朋友还把我当作是个"老大爷"，又搀又扶。

到台北，我又住进了关传雍设计的中山北路"安吧"，离他家不远。我一直在想，办完事之后，要不要和马月华见面，反正我先去了关的家。

一进门，他说另外还约了一个朋友，没说是谁。他开了瓶红酒，几十碟吃的，正在谈，门铃响了，进来的人是马月华。

我们三人边喝边聊天。我想关知道一些马和我的事，否则不会在我跟他通过电话之后约她。既然如此，我觉得好像可以多透露一点我们的事，就半开玩笑地说我那时很迷她，书包上还写了"我爱马月华"，背了一个学期，关笑了，说原来你还做过这种事。

　　我这么说出，是我当时已经在想把我们的"初恋"写出来。关笑了之后，我直接问她在不在意我把这段遥远的往事写出来，她说可以。我又补上一句，不会写你那年跟我说的任何私事，她微笑点头，我感觉她很高兴我给了这项保证。

　　关那天晚上有事，我和她五点就离开了。二人慢慢走上中山北路，她挽着我，我说不必挽，你不如走在我右边，让我扶着你的肩膀，这要比你挽着我，也比手杖稳多了。

　　我跟她说，早点吃个晚饭吧，她说好，就多走了一段去了大饭店。随便点了几个菜，她竟然陪我喝了小半杯酒，还把几个盘子打包。

　　我扶着她左肩回我的酒店，她说要不要送我到房间，我说不必，我们就在路边告别。

我进了"安吧",转头见她上了出租车,关上了门。我正在看,她在车内向我摇摇手,在我还没来得及向她挥手的时候,车子已经开走了。

2019 年

小妹儿

我们叔侄二人，都在各自领域找到了创作方向，不同的是，她走她的路，我过我的桥。

小妹儿开窍远比我早。中学年纪就有了自觉，意识到自己的天赋是在台上和镜头之前。而我那个时候，人已接近中年，才因机缘有了觉悟，二人就从这样起步，四十多年下来，不论沿途有多少障碍和痛心，我们都一直在坚持当初的选择，她走她的路，我过我的桥。

创作上，她专业职业，我业余随缘，但是我们之间的差别可不止于此，好比奥林匹克，我是在跑我的马拉松，小妹儿却在发挥她那十项才能。你看，她能演能唱，能写能导，也能制作策划，人缘也好，还有心做慈善，又会炸酱包饺子，还能抽空做我的经纪人。

小妹儿觉得我们越来越像父女，我也不时会有这种感觉，可是抛开这层辈分和血缘关系，那我们二人也就是两个老朋友。但非忘年，而是那种淡如水的君子之交。

附　录

我的半个父亲

许多人都有自己口中的张北海，我的生命中只有张文艺，我的叔叔。

他是我从小最崇拜的人，小学第一篇被老师挑选贴壁报的文章的主角就是"我的叔叔"。作文内容我已经记不清，但听说它被叔叔珍藏在他家里某一个文件夹中。至今，他仍然是我崇拜的人。长大后理由一定有差异，越和他相处，越羡慕他人格的表里合一，人生潇洒自在，人前人后的真。他从不刻意讨好任何人，但朋友满天下。他从不批评他人或多管闲事，但大家都愿意对他敞开心扉畅谈。但这些都非我小时候崇拜他的原因。张家家教是军训式教育，打是爱，骂是亲。叔叔就是那个唯一有胆量以行动和爷爷对抗的儿时英雄。虽然如此，我们三兄妹却常常搞不清楚他到底站在哪一边。在家里挨揍是家常便饭，一视同仁，但叔叔居然有一天从某皮革工厂捡回一条不宽不厚、不长不短，握在手中正好可以发力的皮鞭子奉献给爷爷，自此"皮鞭子"成为张家的家法，它皮面上精美的花纹常常轮流烙印在我们的身上。坐在饭桌上的叔叔是有威严的，绝不输爷爷；我们一犯错，他会曲起结实刚硬的食指关节，狠狠敲在我们脑门上，让前额立刻肿起一粒如枣子般的包，叔叔命此惩罚为"吃枣子"。那个痛记忆犹新，却毫无恨意。

往后我常和他半夜游荡纽约街头，出入不同酒吧，去看即将关门的脱衣舞演出。当舞厅的大只佬向我要身份证检查我的年龄时，叔叔笑着大叫："My God！ She is old."当晚的经验是我极不自在的一次；看着几个女人在台上光溜溜走来走去，而我竟坐在一屋子大男人之中，而且衣着整齐，真是坐立难安。叔叔察觉后带我离开，他非常好奇地想知道我的感受。我只有告诉他："她们有的，我也有，而我不需要给这么多男人看。"叔叔向我道歉，我俩就坐在某大楼的石梯上聊了一夜的话。他突然落泪，说到了他的二哥（我的父亲）。

从小他和二哥感情最好，而我父亲去世时，他也才不过刚刚二十岁，眼看我们三兄妹年幼丧父，他又无力扛起任何责任。在我们成长的那些年，我的哥哥出了许多年轻人叛逆会犯的错，母亲一直盼望张家有男性长辈出来解决和分担一些责任，当时仍在美国求学的叔叔无法担当而逃避了，这是他多年的心结。"其实这并不是你的责任。"我跟他说。叔叔和我都有点醉了，他轻轻地搂着我说："小妹儿，你们三个就像是我的儿女，我觉得我是你们的半个父亲。"这句话如皮鞭上的花纹，深深烙在我心中。

不敢说我们是否真的情同父女，我从一岁丧父，并不知道何谓父女之情，但的确许多他的事就是我的事，我的事也是他的事。他对我给儿子取名"Oscar"有强烈意见，不赞同将自己的名气赋予下一代。我儿子绑架事件之后，我送他去了纽约，但我又因必须回港工作，只能将儿子托付叔叔和婶婶照顾，每一个周末他们都会开车去夏令营探访他。夏令营结束带他回家，陪伴着一个受惊的孩子。长途电话中，Oscar告诉我每一天他们都会出去逛逛看纽约，但是叔公实在太能走路了，而且中间无法停下来喝一杯，因为 Oscar 只有十岁，酒吧不准他们进去，叔公非常生气。暑假过后，叔叔亲自带着 Oscar 返港。在移民局见着他紧牵着我儿子的手，一老一小的背影带给我无限温暖，我由衷感激。

叔叔，谢谢您！

多年来，只要我的演出或是参与的影片，他一定会看，在港台，他都会出现。他的一贯态度，从不批评，这是他对同行的尊重；"每一个作者都有自己的声音。"2018 年，我在纽约举办个人小型电影回顾展，叔叔看了我导演的作品《相爱相亲》后走出放映厅，向我的制片阿庄竖起大拇指比了个"赞"，这应该是他给我最美好的认可。

1962 年，他离家赴美求学时，奶奶在他的房间找到大家从来没听他提过的英文演讲和作文比赛的奖状，当然还有奖金收据。他一直深藏不露，绝不炫耀。大家相信一来这是张家人的个性和家教。二才是重点，生怕奶奶没收了他买烟酒的奖金！烟和酒是他一生最佳伴侣，我们家爱喝酒的其实有几个，但真正懂得喝的只有张文艺和他的三姐，而我只落得他一句评语"乱喝"。

我和他到底有多亲？我只能说他会把他的红领巾和黑手帕送给我，他甚至会拿出他的牛仔裤要我挑选，而我是唯一可以穿得进他牛仔裤的家人。这么说我们就是亲到曾经穿同一条牛仔裤的父女。要写我心中的张文艺，多到写不完……都还没有写到婶婶和他，婶婶是他一生的支柱，从他十几岁到他离世。

　　我从小就写关于叔叔的文章，充满着喜悦。今天再次写他，太多的回忆，写不完的故事，流不停的眼泪。最后却只能隔着半个地球，从手机的这一端俯在他耳边告诉他：叔叔，你好好休息吧！我们都很爱你。

纽约张北海在台湾的时候

詹宏志

在我台北家中紧连着厨房餐桌的客厅里，朋友们散坐沙发或餐桌椅，聚会到此时已是强弩之末，夜已深了，大家都有点醉也有点倦了，唱机里的音乐响起来，那是陈芬兰唱杨三郎的《苦恋歌》，交响乐的伴奏，豪华的制作，已显沧桑的陈芬兰唱着："明知失恋真艰苦，偏偏行入失恋路……"面色已经略为酡红的张北海听到歌声，叹了一又气，放下手上的威士忌杯说："就是这个歌声……"他站了起来，眼睛半闭，笑容可掬，双手微握在胸前，身体摇晃，出神似的进入一种陶醉自舞的状态。我和几位朋友互望一眼，不觉得想笑了，陈芬兰韵味十足的老闽南语歌当然令人沉醉，但你是一位就读美国学校的外省绅士，你为什么听陈芬兰会有这种反应呢？

这真是一位可爱的老先生，七十多岁人了，脖上永远一条红领巾，牛仔裤与牛仔外套，永远是体制外的叛逆象征，永远天真，永远年轻，我们没有人叫他"张先生"或"文艺兄"，我们比他小一辈的人都没大没小连名带姓喊他"张北海"或"张文艺"，不然就有点奇怪，他似乎与所有人都是平等的。叫他张北海的（像我），大概是先读了他文章才认识他的，叫他张文艺的，可能在他写文章扬名立万之前就认识他。红领巾听说是对六十年代嬉皮时代的回忆，他总爱说猫王只比他大一岁，而伍德斯托克音乐节时代是他一辈人的初恋，虽然那个时代也早已邈远了，但他引丁尼生的诗句说："'Tis better to have loved and lost than never to have loved at all."（宁可爱而复失，胜过不曾爱过。）

那是张北海来台湾的一个典型夜晚，晚上有朋友找他吃饭，晚饭后到"宏志家"坐坐（不管我有没有参加晚宴），人数多寡不拘。那时候女主人还在的"宏志家"，是个物资丰富且自由感洋溢的地方，聚会没有形式，桌上总有些点心，大家三三两两散坐各处，各自天南地北聊天，没有主题却充满掌故逸闻与笑话。也有一些朋友径自去翻我的书架，有的或者找 CD 来放，先播放了蔡振南，然后就点名点到了陈芬兰。几轮酒过去，我到仓库里找来一瓶 Ardbeg 的"Almost There"，这是已经绝版的威士忌，张北海看到眼睛就亮了，指着瓶子说："这瓶酒待会儿留一点给我带走。"问他怎么了，他说前一天他在一个酒吧看到一瓶同样的酒，但酒吧主人不肯开来卖它，主人说那是镇店之宝，他略带顽皮地笑说："我待会儿要再去那个酒吧，带着这瓶酒去给那小子瞧瞧。"

但这瓶酒开给这位老顽童前辈也是恰如其分的，我自己喝威士忌也是张北海教的呢，1984 年我到他纽约的家，他教我喝 Glenfiddich，十二年基本款，第一次听懂了单一纯麦与调和酒的差别。他看我什么都不懂，索性再教我喝伏特加，俄罗斯伏特加 Stolichnaya，冻库里放到如蜂蜜一般黏稠，一小杯直接入喉，吞咽到胃底，再等那团火从胃底翻上食道，直抵喉头，像是练功的人感受气运全身的模样，后来我们也把同样的喝法拿来对付金门高粱。是的，张北海是我们小辈的真实朋友，我们都因为他而认识纽约甚至世界，我自己也曾在纽约工作生活过一段时间，我还是觉得张北海笔下的纽约比我亲身经历的纽约更"真实"。四十年前我们都是初见世面的土包子，他却是一位见多识广的老朋友，我们读他的文章，因而略窥纽约或者美国的究竟，而我们当中有人幸运得识于他，我就是其中一位，他就变成我们的真实向导了。他带我徒步走过布鲁克林桥，带我到纽约中央车站大厅半楼俯瞰众生的酒吧Cipriani Dolci，甚至带我逛遍了格林威治村一带的各家酒吧，每一家我们都叫一杯酒，听半小时的故事。

不管写文章或说故事，张北海都是"笔记为引，兼收百科"。信手拈来的选题也许是"笔记的"甚或是"传奇的"逸闻旧事，但真正的内容其实是它百科全书式的知识趣味；看似杂事琐闻，并无条贯，读下去才知道海阔天空，世界苦多，人生苦短。而他行文或说话，一贯的口吻都是一位有耐性的老友的口吻，不慌忙、不卖弄、不情感泛滥，更不会道德教训，他的好奇心代替了我们的好奇心，他的考据却补救了我们的怠惰。听他说故事像饮年份老酒，初时只觉得顺口，后来就知道是真滋味了；阿城说那是张北海浸透文中的"风度"，我们大概都在说同一件事。

2000年，张北海写出了婉转而迷人的"末代武侠小说"《侠隐》，同年张大春也写出了一本令人拍案叫绝的"伪武侠小说"《城邦暴力团》，两家出版社共同为他们在台北信义路金石堂书店办了一场新书座谈会。我是座上三人之一，两位作者对自己的作品都谦逊不欲多做解释，张北海在私下聚会谈兴颇高，面对大众却显得腼腆，结果那场座谈变成我一个人既左右开弓又左右逢源，让我大大过了一场评论之瘾，那也可能是我对武侠小说发表过的最痛快的一次议论。《侠隐》在某种意义下是武侠小说的"挽歌"，侠或许还是可能的，"古典的武"却已经不敌枪炮了。但《侠隐》迷人之处可能还不是"失去的武侠"，而是"失去的北平"，书中对北平日常生活的描写，几乎是一部招魂之作。

这也完全符合我们对张北海的理解，他感兴趣的，永远是常民的日常生活，就像讲曼哈顿的牡蛎、摩天大楼的兴衰、地下铁的兴建史，他对民族大义与政治高调不感兴趣；当我们说他是老嬉皮或老顽童，他也不怎么辩解，他只用脖上一条泛旧的红领巾，悄悄地描述了自己。

从文艺怀北海

张大春

要谈我的朋友张北海，得从他的文章说起。要说张北海的文章，又得从他对自己的追寻说起。

"张北海，本名张文艺，祖籍山西五台，1936年生于北京，长在台北，工读洛杉矶，任职联合国，退隐纽约，著作随缘。陈丹青称他为纽约蛀虫，他于二十世纪七十年代到达纽约定居至今。"这一则作者简介似不容出他人手，关键在"著作随缘"四字。张北海的随缘是从骨子里养成的，万事诸法，无可无不可，所以往往在肤皮儿上透露着一种吊儿郎当的气息。这一则"作者简介"所专指的一系列文章，初名曰《去后方》，就应该归为此类——这位作者直到"七十多年后的今天，让我去追忆当年五岁时候在路上的一些印象，那与其说是追忆，不如说是追寻"。为什么不早几年开始写呢？为什么不多写几篇呢？你会问。答案，也只能用"著作随缘"一笔带过了。

事实上，我手边的《去后方》只有三篇，寥寥数千字，是不是还有其他未经发表在上海这个"正午故事"栏目上的内容，我亦不知。但是他的"随缘"诚实而坚定。他说："我是在写这篇东西的时候，才开始回想一些当年的往事，可是我发现不是你想回忆过去任何一段往事，这个往事就会从过去呈现在你的脑中。我又发现，如果我连昨晚做的梦，醒来之后都难以捕捉，那七十多年后的今天，让我去追忆当年五岁时候在路上的一些印象，那与其说是追忆，不如说是在追寻。"

我和张北海结识也有三四十年了。总之不外是台北、纽约、纽约、台北两地饮馔议论，议论饮馔。其间——容我粗略地分辨，前二十年与后二十年有极大的不同。前半段听他说的大凡是他所

"蛙"居的纽约。后半段，也可以说是下半场，也还是听他说，说的却是北平和山西。

似乎连具名张北海发表的文艺作品都是如此。我和张北海初识是在一个十多人聚会的大圆桌上，我从头到尾只摊着一个话题。那是我稍早几年无意间在旧书摊上买到的一本广播剧本《海外梦觉》，作者就是张北海。他听我提起这个剧本，非常惊讶，仿佛连他自己都没能拥有一本。但是，他显得十分羞赧，大约觉得那是值得及壮而悔的少作吧？倒是由于这本大概五块十块钱买来的风渍书，我们日后见面，我总要提起："说说《海外梦觉》吧！"之后则是一番相识大笑。

可能这是一个共相：人们在中年时代，就会像是整理空间有限的行囊那样，有意无意地清理掉生命前期里一些看来不太重要，或是不太光彩、不太关心、不太值得再提起的往事，以及不太愿意重新垦掘的感受。可是生命还在继续向前推进，那些一度被抛掷而付诸遗忘的生命轨迹总有一天会再度回来叫门——叩寂寞而求音。

张北海的《去后方》里有令我十分动容的一幕：他的二哥早母亲和弟妹的逃难之行一步，逃家了。行前曾经带着五岁的张北海吃

230

过一次冰激凌，算是一个不必言说的告别吧。二哥最后的话语是："你们吃，我先走了。"

我第二次读到这一段上，不由得泪水盈眶。固然那并非真正意义上的永别，但是人间离乱几能知，陌上寻常聚散时，少小之际那些被匆匆错过而日后也无从追寻缝缀的散落记忆，恐怕才是死亡的痕迹。张北海轻描淡写地形容着嘴里的巧克力冰激凌，或者是日本将军给的水梨，或者是山东德州的烧鸡，或者是荒野农户的烤饼。他的文字里留下来的食物是没有什么形容词的，那些恰是挣脱死亡的滋味。

人的前半生总会打下一些无情的基础。辜负这、亏欠那，其中最不可免的，就是对自己一身的经历。我们还太年轻，不会珍视生命经验的内在潜质，犹如加西亚·马尔克斯所说："世界太新，万物还不曾命名。"这话反过来看，就是年轻的我们一向被不知名的新世界打动，于是万物都值得探索。这时，我们将我们的来历暂存给了老年。

在张北海自撰的极简履历上出现的字样不过如此："长在台北，工读洛杉矶，任职联合国。"在下一阶"退隐纽约"之前，他的随缘写作绝大部分是向国人描述海外。简言之的海外，就是美国；再简言之的美国，就是纽约；如果还要再说说具有代表性的地标，也可以说，就是曼哈顿。

张北海从二十世纪七十年代末开始，集中精力，以犹如海外通讯员的身份向（以台湾读者为主要对象的）媒体供稿，《人在纽约》《美国邮简》都是这样的文章结集。看似不多，功夫和趣味却是深沉、高雅而富于知见的。

我总是记得有一篇文章，标题是《报纸越厚，草纸越薄》。这是在形容纽约资本主义特征无限扩张的现象，会使得广告越来越发达，而商品越来越不实在。当然，一个报纸越来越厚的社会，总会成为草纸越来越薄的社会。原文"报纸太厚，草纸太薄"出自并非指责纽约的丘吉尔："Newspaper too thick, toilet paper too thin." 这个经济学方面的观察究竟如何成立，以及有识之士又该如何因应，我不敢妄言，张北海的文章是怎么写的却教我瞠目结舌。他数尽了星期天发行的数百页《纽约时报》分类广告，确认当日（我只记得个大约）是一万四千多则。而且还和草纸比较厚的某时期做了比较！这个在写作或非写作专业的人士看来可能都有点疯（中国老古人一定会称之曰"痴")的行径，大约就可以解释了张北海早年拂衣辞乡、仗剑出国、去不复顾的行径。世界太新，万物尚未命名，青年来不及回头。

张北海先生于2022年8月17日凌晨二时四十分逝世于纽约，享寿八十六岁。我为他所写的挽联是这样的：

北极朝廷终不改，人隐市中，乃就虞初源流传典艺；
海涯寥落若为怀，侠行毫末，当凭洪迈手段振斯文。

上联"北极朝廷终不改"出自杜甫诗，下联"海涯寥落若为怀"出自范仲淹诗。两集句语浅，毋庸细注。虞初，据称是小说之祖，见《史记》。洪迈则是南宋时期一位博学多闻的外交使节，以及笔记作家。至于"人隐市中/侠行毫末"二语，熟悉张北海的朋友和读者大约也不需要我多费唇舌，櫽栝的正是临老退休的张北海，以及因改拍成电影《邪不压正》而广为人知的小说《侠隐》。比较少人谈到的，则是《侠隐》的男主角李天然，只能是张北海的令先翁张子奇。然而，那毕竟是小说。

我的《城邦暴力团》也沾拈了武侠小说之名，又恰恰和《侠隐》同时上市，在两书合办的新书发布会上，我吐露了一个小秘密。

那是在 1998 年或 1999 年吧，我走访纽约，少不得要去叨扰张北海，这一回来不及取笑《海外梦觉》，他拿出了一沓高可数寸的手稿，和一张三尺见方的赛璐珞片，那是一幅近人精工绘制的北京城区市街坊巷图，他摩挲着那张图，有一搭没一搭地为我解释李天然（容或就是张子奇老先生）吃吃这个、喝喝那个的店家。我默记下好几条相邻的胡同名称，后来在《城邦暴力团》里都用上了，甚至还在其中一条街上另开了一家照相馆，在某个农历初九的夜半，让月光照亮了胡同里的风华。完全偷窃。后来我在新书发布会上公然俯首认罪，张北海惊诧不已，我提醒他：同行都是贼。

纽约客，天涯何倦翻归鸟，老作家再一次北京出发，壮游故园，而后才有了追忆不成的追寻。我如今正是他"退隐纽约"的年纪，深深体会他追寻而且扑空的情怀。世事若不扑空，我们怎么能够发现自己曾经辜负、亏欠的一切呢？至于写作，只是那发现的回音吧？

《去后方》写到一个情节。张北海在母亲杨慧卿女士的照应之下，千里间关，逃避战火，路上由于会唱歌，而且是外国歌，唱得又好听，很教卡车驾驶开怀，于是一整个车队都来找张北海唱歌。"我记不得上了几部车，反正回到我的卡车，母亲发现我的嗓子哑了，问了我之后，她气坏了，把车队长找来，叫他听听我的嗓子……"

这个孩子在整整八十年后停止了歌唱，我们不会察觉那嗓子早就哑了，他还高兴着呢。他可能回到了一个曾经急着离开之地。

文
景

Horizon

社 科 新 知　文 艺 新 潮

早上四，晚上三

张北海 著

出 品 人：姚映然
责任编辑：王 玲 杨 沁
营销编辑：杨 朗
装帧设计：陆智昌

出　　品：北京世纪文景文化传播有限责任公司
　　　　　（北京朝阳区东土城路8号林达大厦A座4A 100013）
出版发行：上海人民出版社
印　　刷：山东临沂新华印刷物流集团有限责任公司
制　　版：北京楠竹文化发展有限公司

开 本：890mm×1240mm　1/32
印 张：7.5　字 数：119,000　插页：12
2024年7月第1版　2024年11月第2次印刷
定 价：59.00元
ISBN：978-7-208-18764-1/I·2138

图书在版编目（CIP）数据

早上四，晚上三 / 张北海著. -- 上海：上海人民
出版社，2024
ISBN 978-7-208-18764-1

Ⅰ.①早… Ⅱ.①张… Ⅲ.①散文集－中国－当代
Ⅳ.①I267

中国国家版本馆CIP数据核字(2024)第092654号

本书如有印装错误，请致电本社更换 010-52187586

社科新知　文艺新潮　｜　与文景相遇

微信公众号　　　　　微　博　　　　　　豆　瓣

bilibili　　　　　　抖　音　　　　　　小红书